Christine Erdiç

Das Leben ist ein Arschloch -

und ich stecke mitten drin!

Kontakt E-Mail: indiansummer_61@hotmail.com
Webseite: https://christineerdic.jimdofree.com/
Satz und Layout: © Christine Erdiç
BuchumschlagGestaltung: © Christine Erdiç
CoverGestaltung: © Christine Erdiç
CoverFoto: Christine Erdiç
Illustrationen. Pixabay

ISBN: 9783748194248

©2023 Herstellung und Verlag:
BoD – Books on Demand, Norderstedt
www.bod.de

Ein Kind, dessen Träume zerstört wurden,
ist wie ein Vogel mit gestutzten Flügeln.

Inhalt

Das künstliche Licht dieser Welt

Dorfleben

Meine Großeltern

Im Kindererholungsheim

Schulfreuden

Umzug in die Stadt

Die Tiere und ich

Das Kreuz mit der Nase

Du bist doch ein Mädchen

Es wird gegessen, was die Kelle gibt

Oberschule

An der Nordsee

Die Musik und ich

Solange du die Füße unter unseren Tisch steckst

Mein Schutzengel

Kein pelziges Vergnügen

An der Mosel

Tanzschule

Abschlussfahrt nach Paris

Interrail

Zukunftspläne

Die Autorin

Nachwort

Buchtipps

Danksagung

Das künstliche Licht dieser Welt

An einem kalten Winterabend um 18 Uhr 01 erblickte ich in einer kleinen Privatklinik in Niedersachsen das künstliche Licht dieser Welt. Meine Geburt dauerte satte 12 Stunden, und man hätte mich eigentlich per Kaiserschnitt holen müssen. Meine Mutter erholte sich folglich auch nur sehr langsam von den Strapazen. Sie sagt, sie habe schon den dunklen Tunnel vor sich gesehen. Ich war zwar wohlauf, aber den Erzählungen nach ein sehr eigenwilliges und auch etwas seltsames Kind. Vielleicht hat mir der Weg durch das - laut Arzt - zu enge Becken meiner Mutter doch mehr zu schaffen gemacht, als es zunächst den Anschein hatte. Jedenfalls weigerte ich mich später strikt, durch diese Betonröhren auf Spielplätzen zu kriechen, weil ich darin Platzangst bekam. Ich schottete mich gerne ab und konnte bzw. kann mich sehr gut alleine beschäftigen. Kurz gesagt: Von klein auf fühlte ich mich wie ein Alien inmitten Normalos, die im Gegensatz zu mir genau wussten, in welche Richtung sie zu marschieren hatten.

„Wenn ich nicht ganz genau wüsste, dass es unmöglich ist, würde ich sagen, du bist vertauscht worden. Aber in der kleinen Privatklinik gab es damals außer dir nur noch ein anderes Baby, dessen Vater aus Algerien stammte", sagte meine Mutter oft zu mir. Oder auch: „Woher hast du nur diesen seltsamen Reisetrieb? Das liegt so gar nicht in unserer Familie." Dass ich extrem reiselustig bin stimmt, aber vielleicht kommt das ja von Seiten meines Vaters, dessen Familie ich nie kennengelernt habe, da nach dem Krieg einfach niemand mehr greifbar war und Ostberlin inzwischen zur ehemaligen DDR gehörte, während ich im Westen aufwuchs.

Vergeblich hoffte ich viele Jahre auf meine eigentlichen Eltern zu stoßen, die eines Tages vor der Tür stehen und ihr Recht einfordern würden. Dann könnte ich vielleicht sogar noch Geschwister bekommen, wie meine Freundinnen, die jede mit einem Brüderchen oder Schwesterchen gesegnet waren. Doch ich wartete vergeblich und fand mich schließlich schweren Herzens mit dem Gedanken ab, als Einzelkind aufzuwachsen.

Dorfleben

In unserem Dorf in Niedersachsen bewohnten wir zunächst eine winzige Mietwohnung, die mein Vater gleich nach der Gefangenschaft beim Engländer schon als Junggeselle bezogen hatte. Dementsprechend war es dort natürlich auch sehr beengt. Ich war Dank des Lärms der Nachbarn den Erzählungen nach ein äußerst nervöses Kleinkind und robbte auf Knien so lange im Bett umher, bis dasselbe schließlich ganz woanders stand. Türenknallen ist ein Geräusch, das mich noch heute an die Decke fahren lässt. Da mein Vater morgens früh um 4 Uhr aufstehen und in die Stadt zur Arbeit fahren musste, brachte mir der Krach schon in meinem ersten Lebensjahr, laut meiner Mutter, regelmäßige Schimpfe und Prügel ein, denn mein Vater war dann den ganzen Tag unausgeruht.

Die Situation wurde erst besser, als wir in eine etwas größere Wohnung zogen, in der ich ein eigenes Zimmer bekam. Im unteren Stockwerk befanden sich Küche und Bad, im ersten Stock ging man erst durch die Stube, dann durch das elterliche Schlafzimmer in mein Gemach.

Ich verfüge über ein beinahe fotografisches Gedächtnis, was Räumlichkeiten angeht. So versetzte ich meine Mutter einmal in Erstaunen, als ich ihr die Wohnung unserer Verwandten in der ehemaligen DDR detailgetreu beschrieb, obwohl ich nur einmal zu Besuch dort war - und zwar im Alter von zweieinhalb Jahren. Wir besaßen zudem keinerlei Fotos dieser Räumlichkeiten, da die Familie kurz darauf umzog.

Abgesehen von unserer Stube waren die Räume im Winter eiskalt. Winter war ohnehin meine schlimmste Jahreszeit, doch davon später mehr.

Mein Vater war sehr talentiert, er konnte nicht nur gut malen sondern auch wunderschöne bildhafte Geschichten erzählen. So unterhielt er mich Sonntagsmorgens - während meine Mutter noch schlummerte - mit selbst erdachten Märchen von Hexen und Flaschengeistern, die für mich eine greifbare Form annahmen. Für das Malen und Zeichnen begeisterte ich mich von Kindesbeinen an. Außerdem war kein Buch vor mir sicher, und ich verschlang bereits im zarten Alter von neun Jahren heimlich „Der Arzt von Stalingrad", „Das Herz der 6. Armee" und „Die Tochter des Teufels" von Konsalik. Ich schrieb leidenschaftlich gerne selber kleine Geschichten und Gedichte - mit letzteren wurden an Geburtstagen die lieben Verwandten beglückt. Nur eines der Talente meines Vaters blieb mir für immer versagt: Er war musikalisch hochbegabt, nahm privaten Gesangsunterricht und sang Tenor. Sein Ziel war von jeher die Oper, doch schon vor meiner Geburt musste er die heiß begehrten Gesangsstunden aus Geldmangel abbrechen. 1922 geboren, war er somit nicht nur ein Opfer des zweiten Weltkrieges mit einer nicht ausgelebten Jugend sondern wurde zudem auch eines der Nachkriegszeit. Ich weiß noch, dass er jedes Mal Zustände bekam, wenn ich den Mund öffnete, um die Lieder von Mireille Matthieu mit Begeisterung und ausgeprägtem französischem Akzent nachzusingen.

„Du wechselst dabei ja sogar die Tonleitern! Wie ist das nur möglich? Hör bloß auf, das erträgt ja kein Mensch!"

Meine Mutter drückte sich einfacher aus: „Kack in einen Strumpf und wirf ihn die Treppe runter. Das klingt besser."

Nun, man kann eben nicht jedes Talent erben. Irgendwann sah ich ein, dass mein Gesang nur in meinen eigenen Ohren ausgesprochen gut klang und beschloss gnädig, meine Mitmenschen fortan damit zu verschonen.

Mein Vater war waschechter Berliner, sprach allerdings ein sehr gutes Hochdeutsch. Meine Mutter kam aus einem Dorf in der DDR, zu jener Zeit Ostzone genannt. Als sie 18 war, gelangte sie mit einem einfachen Sprung über die Grenze in den Westen, das war damals noch möglich. Ihre Familie blieb zurück, die ältere Schwester mit Ehemann (meinem Lieblingsonkel) sollte erst Jahre später folgen. Schon als Kind an schwere Feld- und Hausarbeit gewöhnt, nahm meine Mutter kurzerhand eine Stellung als Hausmädchen in einer Kleinstadt an. Einer ihrer Lieblingssprüche lautete: „Wir mussten früher arbeiten bis die Schwarte kracht!"

Meine Erziehung gestaltete sich alles andere als einfach. „In der Zeit, in der du entstanden bist, hätten wir lieber einen Apfel essen sollen", stöhnte meine Mutter oft. Mit zahlreichen Schlägen und derben Schimpfwörtern, die in „Ich schlage dich, bis du in keinen Sarg mehr passt" gipfelten, wuchs ich dennoch irgendwie auf.

Meine Tante erzählte mir Jahre später, dass meine Mutter mich wegen irgendetwas - genaueres wusste sie nicht mehr, und ich war einfach noch zu klein, um mich zu erinnern - mehrmals schlug. „Sag: Mami, ich mache das nicht wieder", verlangte sie. „Nun sag es doch", bat meine Tante mich, der das wohl alles zu viel wurde. Ich aber schaute meine Mutter trotzig an, ballte die Fäuste hinter dem Rücken und entgegnete: „Du kannst jetzt aufhören, du hast mich heute schon genug gehauen."

Es ist gar nicht so leicht, seinen Platz inmitten der Dorfgemeinschaft zu finden, wenn man eine Zugezogene ist und nicht so richtig dazugehört. (Nach vielen Jahren, wir hatten beide schon erwachsene Kinder, traf ich eins der Dorfkinder wieder, ein Mädchen, das damals schon losheulte, wenn man es nur antippte. Diese Bekannte vertraute mir nun an, sie hätte richtig Angst vor mir gehabt, weil ich immer so taff war. Huch! Ich denke, ich fühlte mich alles andere als taff.)

Also freundete ich mich eher mit den Tieren als den Kindern, die mich nicht mal auf ihre Schaukeln ließen - und ich liebte es zu schaukeln - an. Folglich war ich öfter mal im Hühnerstall zwischen dem Federvieh sitzend, zusammengekauert im Kaninchenstall oder bei den Schweinen anzutreffen. Als ich letztere hinausließ, bekam ich allerdings großen Ärger: „Ja, bist du denn von allen guten Geistern verlassen? Die hätten doch auf die Straße laufen können!" Aber so weit dachte ich als Vierjährige eben noch nicht.

Ich hatte als Kleinkind anscheinend schon bei der Sau unserer Vermieter einen Stein im Brett. Das Plumpsklo befand sich direkt neben dem Stall, das heißt, man konnte vom Thron aus die Tiere durch einen

Bretterverschlag beobachten. Für mich ein besonderes Vergnügen. Ich war ja mit knapp drei schon sehr selbstständig und wollte immer alleine zur Toilette gehen. Eines Tages erwischte meine Mutter mich, wie ich meine Finger grad in den Nasenlöchern des Schweins versenkte, das dabei freudig grunzte.

„Wenn das zugeschnappt hätte, wäre deine Hand weg gewesen", schimpfte sie, nachdem sie sich vom ersten Schrecken erholt hatte. Derselben Sau fiel auch eine meiner Puppen zum Opfer, die ich ihr eigentlich nur zeigen wollte. Den Dieter mit dem Gummikopf mochte ich ja doch ganz gerne. Leider fiel er mir über die Brüstung, auf die ich geklettert war, was das Schwein dazu animierte, zu überprüfen, ob die Puppe seinen Geschmack traf. Dieter wurde dann aber doch noch gerettet, wenn auch mit stark angeknabberter Nase.

Wenn ich überhaupt mit Kindern spielte, so waren das vorwiegend größere Jungs, die nicht so langweilig wie die Mädchen mit ihren Puppen waren. Ich bevorzugte definitiv Teddys, vor allem meinen Christian - den ich sogar in einer Karre spazieren fuhr, saß auf jedem Baum, besaß Pfeil und Bogen (natürlich selbstgebastelt) und eine Zwille. Auf dem Dorf wohnten auch Zwillingsbrüder - zweieiig und ein paar Jahre älter als ich - die bastelten mir ein Gewehr aus Holz, mit dem man Einweckringe abschießen konnte. Damals war das mein ganzer Stolz. Als das Gummi jemanden traf, wurde es mir jedoch zur Strafe zerbrochen. Wir drei spielten aber weiterhin gemeinsam mit Begeisterung in einem Autowrack im Garten ihrer Großeltern.

Zu Hause hatte ich ein orangefarbenes Dreirad mit dicken Reifen, das mir mein Vater aber schon bald in ein Zweirad umbaute. Meine Mutter fuhr vor meiner Geburt noch jeden Tag mit dem Rad zur Arbeit, das muss wohl auf mich abgefärbt haben: Ich war quasi im Sattel geboren. Begeistert drehte ich meine Runden auf dem Hof.

Eines Tages - ich war gerade mal 4 Jahre jung – ging es in einen mir fremden Ort, um dort eine Familie zu besuchen.

Ich erinnere mich an zwei kleine Mädchen in meinem Alter und einen wesentlich älteren Jungen, in den ich mich sofort verguckte. Das Unglück begann damit, dass ich auf einem Kinderrad mit Stützrädern fahren sollte. Sowas hatte ich noch nie gemacht. Schließlich ließ ich mich aber überreden, und der nette Junge lief fürsorglich neben mir her. Natürlich konnte ich wegen der hinderlichen Zusatzräder nicht vernünftig lenken und landete prompt mit großem Hallo im Graben. Wie peinlich! Mein heimlicher Schwarm half mir, mitsamt Fahrgestell wieder auf die Beine und den Feldweg zu kommen.

Das Leben auf dem Dorf war wild und frei. Außerhalb der Wohnung konnte ich tun und lassen, was ich wollte. Wenn es besonders kalt war, bekam ich über meinen Rock einfach eine Trainingshose gezogen und wurde so hinausgeschickt.

„Madame, es blitzt!" Meine Mutter wollte sich ausschütten vor Lachen. Ich war natürlich mit Schwung über den Zaun und hatte dabei die Hose kunstvoll zerrissen. Nun schaute hinten der Rock mit all seinen Rüschen heraus, ein Anblick für die Götter!

Gerne spielte ich auch mit zwei anderen Dorfjungen, einer war ein Jahr jünger als ich, der andere etwas älter. Leider waren sie aber wesentlich unbeholfener. So kamen sie nicht wieder vom Dach des Hühnerstalls herunter, auf das sie mir bei einer meiner Klettertouren gefolgt waren, und ich holte notgedrungen meine Mutter zu Hilfe.

„Du bist doch eine ganze Hexe, das hat schon die Hebamme gleich nach deiner Geburt gesagt! Was lockst du die Jungs auch aufs Dach?"

Was konnte ich denn dazu, wenn die nicht wieder runterkonnten?! Wie zwei verängstigte Vögelchen hockten sie dort nebeneinander in der Höhe.

Hexen waren meine Leidenschaft. Sie faszinierten mich geradezu. Eines Tages sagte mein Vater: „Siehst du die hohe Mauer dort? Dahinter befindet sich der Hexenflugplatz." Vergeblich versuchte ich hinüber zu spähen. Alles Betteln nützte nichts: Mein Vater, klein und übergewichtig, weigerte sich, mich hochzuheben. Mein Onkel hätte es sicherlich getan!

Sehr beeindruckt von der ganzen Geschichte übte ich fortan fliegen, natürlich nur von ganz kleinen Anhöhen. Ich sprang und machte weitausholende Schwimmbewegungen in der Luft. Es waren leider, mangels eines Besens, immer nur sehr kurze Flüge.

Meine Großeltern

In unserem Dorf gab es eine Frau N. und eine Tante N. Ich mochte Tante N., die ich als kleine rundliche Frau mit Kopftuch in Erinnerung habe. Sie war immer freundlich und reichte mir einmal einen rotbackigen Apfel über ihren Gartenzaun. Frau N. hingegen konnte ich gar nicht leiden. Irgendwas hinderte mich daran, ihre Wohnung zu betreten. Meine Mutter erzählte oft, dass ich mich schon im Alter von zwei Jahren verweigerte. Ich verschränkte die Arme hinter meinem Rücken und machte einfach die Augen zu. Wenn meine Mutter ihren Besuch nach einigen Stunden beendet hatte, stand ich noch so, wie sie mich zurückgelassen hatte, auf dem dunklen Flur.

Ich war überhaupt sehr wählerisch, was Menschen anging. Wie oft hieß es: „Nun gib doch mal dem Onkel oder der Tante die Hand!" Wenn ich sie nach langer Überwindung dann wirklich mal gab, schnupperte ich hinterher argwöhnisch daran. Meine Mutter wäre am liebsten im Boden versunken, wenn ich nüchtern feststellte: „Stinkt."

Ich war zweieinhalb, als ich meiner Oma zum ersten Mal auf dem Bahnsteig begegnete. Sie ging in die Hocke und forderte mit ausgebreiteten Armen: „Nun komm doch mal zu mir." Ich sah sie prüfend an, versteckte beide Hände hinter dem Rücken und rief laut und deutlich: „Nein!"

Es war Antipathie auf den ersten Blick. Mit dem sicheren Instinkt eines Kleinkindes blickte ich hinter die Fassaden. Meine Mutter brauchte lange, bis sie, trotz ihrer harten Kindheit, den ungerechten Charakter meiner Großmutter erkannte und schließlich mit ihr brach.

„Huh, son Schwattes", sagte sie zu meiner Mutter. Stimmt, ich war nicht blond wie mein Cousin oder meine Cousine, sondern hatte die dunklen Haare meines Vaters geerbt. Mein Opa durfte zu jener Zeit noch nicht aus der DDR ausreisen, um uns zu besuchen. Als er dann nach Jahren endlich mitkam, schloss ich ihn sofort in mein Herz. Meine Oma putzte den armen Kerl so oft runter. Er hieß bei ihr der Wunderdrest. Ich mochte den Wunderdrest, der so gerne erzählte und mit den alten Leuten auf den Spielplatzbänken sofort Freundschaft schloss.

Meine Großmutter hatte einen Knoten im Haar, war klein, im Laufe der Jahre recht rundlich geworden und sehr streng. Bei jeder Gelegenheit hieß es: „Glix haste welche hängen."

Später gestand mir meine Mutter, dass Schimpfworte wie „Du faules Reff", „Du bist es nicht wert, dass dich die Sonne bescheint", „Ich schlag dir die Religion vom Balge" und „Du dummes Stück Scheiße" ursprünglich aus ihrer eigenen Kindheit stammten und sie diese unfreundlicherweise nur an mich weitergegeben hatte.

Mein Opa hingegen - groß und schlank, morgens nach dem Aufstehen mit lustigem Hahnenkamm - ging nie ohne Stock und Hut hinaus. Er soll als Kind auch so viel ausgefressen haben wie ich. Deshalb hatte er auch immer mehr Verständnis für meine Streiche als die anderen.

Er gab mir sogar wertvolle Tipps: „Binde mal eine Geldbörse an einen Faden, versteck dich hinter einem Busch und zieh sie genau dann weg, wenn sich jemand danach bückt. Oder füll Hühnermist rein."

„Du bist schlimmer als eine Horde Jungs", sagte meine Mutter oft zu mir.

Im Kindererholungsheim

Meine Eltern waren streng, was sicherlich an ihrem fortgeschrittenen Alter lag: Bei meiner Geburt stand mein Vater kurz vor seinem 43. Geburtstag und meine Mutter war immerhin auch schon 30.

Jedes Jahr im Winter sträubte sich mein Körper gegen die Kälte. Ich wurde regelmäßig krank und zum lukrativen Patienten des Arztes der nahe gelegenen Kleinstadt. Nebst Mandelentzündungen und Infekten mit hohem Fieber hatte ich von klein auf schlechte Zähne und bekam schon im Alter von vier oder fünf einen regelrechten Horror vorm Zahnarzt.

Ich war ein schlechter Esser, nervös und untergewichtig - und so hieß es eines Tages, ich solle in ein Kinderheim verschickt werden. Ganze sechs Wochen ins Allgäu nach Obermaiselstein - nie werde ich den Namen dieses Ortes vergessen! Es war mitten im Winter. Abgesehen von Besuchen bei Tante und Onkel war ich noch nie alleine fortgewesen, obwohl ich tagsüber auf eigene Faust das ganze Dorf unsicher machte. In mir mischten sich freudige Erwartung und heimliche Angst. Meine Mutter nähte Etiketten mit meinem Namen darauf in meine Kleidung, Waschlappen und Handtücher.

Und dann ging es los! Ich war gerade mal sechs geworden. Eine lange Zugfahrt, sich auf interessante Weise verändernde Landschaften. Atemlos hing ich am Fenster.

Das Heim war in einem schmucken Haus untergebracht, idyllisch gelegen, umgeben von schneebedeckten Bergen. Doch seltsam, ich glaube, ich habe aus jener

Zeit vieles verdrängt, bis auf eine Faschingsfeier, wo wir in unseren Kostümen meistens auf Stühlen herumsaßen, und rasante Rodelfahrten über schneebedeckte Hänge mit mehreren Kindern hintereinander auf einem langen Holzschlitten. In deutlicher Erinnerung ist mir hingegen meine Zahnpasta mit Himbeergeschmack geblieben. So tolle hatte ich bisher noch nie bekommen.

Dass man uns immer zwei Unterhemden übereinander zog, lag wohl an der eisigen Kälte da draußen. Doch es gab noch ein ganz anderes Problem. Daheim konnte ich mich nachts ganz leise aufs Klo schleichen, wenn ich mal musste. Hier im Kinderheim wurden wir jedoch im Zimmer eingeschlossen - unseres war übrigens ein Dreibettzimmer. Dadurch passierte so manches Malheur - natürlich auch mir, wie konnte es anders sein! Es gab jedes Mal ein großes Theater, wenn einer ins Bett gemacht hatte und dieses neu bezogen werden musste.

In vergangenen Jahren wurde endlich vieles aufgedeckt, was Kinder- und Erholungsheime betraf. Das beginnt bei kleinen Quälereien und endet bei Tabletten, Drogen zur Ruhigstellung der Schutzbefohlenen und sexuellem Missbrauch. Ich kann mich an dergleichen nicht erinnern. Vielleicht hatte ich Glück mit dem Heim oder ich habe es verdrängt, wie so vieles andere auch.

Gegen Ende des Aufenthalts erkrankten gleich mehrere Kinder an Windpocken und mussten länger bleiben. Ich betete heimlich, dass diese Geißel an mir vorübergehen möge. Mein Gebet wurde anscheinend erhört, denn ich durfte nach Hause und - bekam die Windpocken prompt dort, nur wenige Tage nach meiner Heimkehr.

Schulfreuden

Die unbeschwerte freie Zeit auf dem Dorf sollte bald vorbei sein. Mit sechseinhalb Jahren wurde ich eingeschult. Ich erinnere mich noch genau an die grüne Schultüte, das alberne rosa Dirndlkleid mit weißer Schürze und den blöden Kurzhaarschnitt, der mir vorher verpasst worden war. Davor hatte ich immer etwas längere dunkelbraune Locken gehabt. Nun wirkte das Haar seltsam glatt und fast schwarz. Mein Protest nützte nichts: So und nicht anders wurde ich zur Schule geschickt.

„Da mache ich ja gleich den richtigen Eindruck", meuterte ich vergeblich.

In der kleinen Dorfschule gab es jede Menge Kinder, die ich noch gar nicht kannte, und eine sehr nette junge Lehrerin, die unsere Klasse fortan unterrichten sollte. Mit Schwung warf ich meinen Lederranzen, ein Geschenk meiner Großeltern aus der damaligen DDR, auf einen der vorderen Tische, an dem bereits ein zierlicher blasser Junge mit schönen „Apfelsinen-farbigen" Haaren saß. Der war mir gleich sympathisch. Die Freude war allerdings schnell vorbei. Ein kräftiger schwarzhaariger Knabe betrat den Raum, steuerte auf meinen Tischnachbarn zu, riss denselben vom Stuhl hoch und setzte sich kurzerhand neben mich. „So", sagte er zufrieden.

Seitdem hatte ich das Gefühl, ich müsse den schwächeren Knaben vor anderen beschützen - bis zu jenem Tag, als ich der Lehrerin, die stets am Fenster stand, während wir den Heimweg antraten, wie immer freudig zuwinkte. Sie grüßte zurück. Da bemerkte ich, wie sich der kleine Rotschopf über mich lustig machte und mich nachäffte. Ich weiß nicht, welcher Teufel mich ritt, aber meine Faust landete direkt auf seiner sommersprossigen Nase. Und die blutete. Geheul! Au weia! Die Lehrerin winkte uns zu: Wir sollten anscheinend wieder hereinkommen. Ich tat so, als hätte ich nichts gesehen und ging unbeirrt nach Hause. Am nächsten Tag musste ich deshalb nachsitzen, und prompt bekamen meine Eltern die ganze Geschichte brühwarm zugetragen, da ich ja nicht mit den anderen Kindern heimkehrte. Im Schulzimmer war es stinklangweilig, weil ich alleine eine mir endlos erscheinende Zeit dort zubrachte. Also zog ich mir die Wollmütze über das Gesicht und sprang, als die Tür aufging, mit einem lauten BUH unter dem Tisch hervor, um die Lehrerin mal so richtig zu erschrecken. Die hatte mir das schließlich eingebrockt! Als ich die Mütze wieder hochschob, sah ich, dass die Direktorin vor mir stand. Sie lächelte milde. „Du kannst jetzt nach Hause gehen."

Zu Hause gab es dann gleich nochmal Zoff. Danach mochte ich den Rothaarigen nicht mehr. Gut, dass er nicht neben mir saß!

Mit dem Lernen hatte ich keine Probleme, mit dem Nachhause kommen schon. So suchte mich meine Mutter mal über eine Stunde im Dorf, weil ich mich nach Schulschluss bei einem Schulfreund einquartiert hatte und mit ihm über Indianerkostüme debattierte. Ein andermal fand sie mich Kekse kauend bei der netten alten Dame, die unten im Haus wohnte.

„Du sollst doch nach der Schule gleich nach Hause kommen! Ich warte hier mit dem Mittagessen!", schimpfte meine Mutter mich aus.

Umzug in die Stadt

Ich besuchte die Dorfschule nur ein halbes Jahr, im Winter zogen wir bereits in die Stadt um, damit mein Vater nicht mehr so einen langen Arbeitsweg hatte. Außerdem existierten dort laut meiner Eltern bessere schulische Möglichkeiten, denn auf dem Dorf gab es nur eine Grundschule.

Mich störte es nicht, in die Stadt zu ziehen, auch wenn wir dann den kleinen Schrebergarten nicht mehr hatten, den meine Mutter für eine Bekannte verwaltete und ihn als Gegenleistung für uns bepflanzen durfte. Da gab es Erdbeeren,Tomaten, ein niedliches Gartenhäuschen mit zwei sich gegenüberliegenden Etagenbetten und einer winzigen Küche, aber auch ein eklig riechendes Plumpsklo mit vielen Fliegen und einen großen Misthaufen.

Den Umzug selbst bekam ich nicht mit, da ich während dieser Zeit bei einer anderen Familie untergebracht wurde.

Unsere neue Wohnung im vierten Stock beeindruckte mich nicht sonderlich. Das Bad war in einer ehemaligen Speisekammer eingebaut und lag auch wieder direkt hinter der Küche. Mein Zimmer hatte eine Dachschräge, ein winziges Fenster und war genauso kalt wie mein vorheriges (im Winter zeigte das Thermometer oft nur 4 Grad). Zuerst hatten wir lediglich in der Stube eine Heizmöglichkeit: einen schönen großen Kachelofen. Meine Mutter musste im Winter regelmäßig in den Keller und Holz sowie Kohle dafür die vier Etagen heraufschleppen. Ich liebte den Keller mit seinen düsteren Winkeln und dem muffigen Geruch. Dort wurden auch Einweckgläser, Zwiebeln und Kartoffeln gelagert.

Später ließen meine Eltern eine Etagenheizung einbauen. Dummerweise befand sich der Heizkessel in der Küche, und meine Mutter merkte jedes Mal, wenn ich den Heizkörper in meinem Zimmer aufdrehte, denn dann sprang der Kessel an. Prompt erschien sie im Kinderzimmer und drehte meine Heizung mit viel Gezeter wieder ab. Es war genau so ein Problem wie das Abziehen auf dem Klo, da wurde eisern gespart. Und wehe, ich wurde erwischt, wenn ich Wasser verplemperte. Abends brannte in der Stube nur eine kleine Stehlampe, damit meine Mutter ihre Zeitschriften lesen konnte. Mein Vater und ich saßen im Halbdunkel. Ja, auch Strom war teuer und durfte nicht unnötig vergeudet werden!

Nach den Winterferien begann die Schule. Wir mussten uns auf dem Schulhof in Zweierreihen aufstellen, Hand in Hand. Das kannte ich vom Dorf so nicht. Aber ich fand sehr schnell Anschluss - und diesmal waren es nicht nur Jungen sondern tatsächlich auch Mädchen. Mit zwei von ihnen freundete ich mich gleich an.

Mit dem Lehrstoff wurde es mir allerdings nicht so leicht gemacht. Hier in der Stadt schrieben sie schon ganze Sätze, während wir uns auf dem Dorf noch mit einzelnen Silben herumgequält hatten.

„Wenn Christine bis zum Sommer den Lehrstoff nicht aufgeholt hat, muss sie das Jahr wiederholen", erklärte die Lehrerin meiner Mutter kurzerhand.

Was? Wiederholen? Das kam ja gar nicht in die Tüte, jetzt nachdem ich grad erst so gute Freunde gefunden hatte! Und als dumm wollte ich schließlich auch nicht dastehen!

Ich musste wirklich büffeln. Die waren auch im Rechnen viel weiter! Aber ich schaffte es und landete glücklich in der zweiten Klasse.

Ich mochte alle Fächer bis auf Musik. Beim Vorsingen bekam ich immer nur eine 4. Egal, wie sehr ich mich auch anstrengte, die Lehrerin wusste meinen Gesang einfach nicht zu würdigen.

In Leichtathletik erhielt ich dafür bei den Landesjugendspielen sogar eine Ehrenurkunde. Ich freute mich über den zweiten Platz. Nur mein Klassenfreund K. hatte mehr Punkte als ich erzielt, und dem gönnte ich das von ganzem Herzen. Er zählte zu jenen, mit denen ich am Nachmittag durch die Straßen zog, wenn ich nicht gerade mit den Freundinnen oder dem Rad quer durch die Stadt unterwegs war.

„Wir wussten ja nie, wo du warst", sagte meine Mutter später.

Wie zuvor schon angeschnitten, der Winter war und ist meine schlimmste Jahreszeit. In jenem Jahr hatte es mich besonders stark erwischt: Mein Fieber stieg an, und ich durfte auf dem Sofa in der Stube liegen, dem einzigen warmen Raum der Wohnung. Abends runzelte meine Mutter besorgt die Stirn: „40,9", sagte sie. „Ich rufe jetzt den Notarzt."

Danach musste mein Vater unten im Hausflur warten, denn um 20 Uhr wurde die Haustür abgeschlossen, weil es keine Klingeln gab. Kein Vergnügen, wenn man bedenkt, dass unsere Wohnung im vierten Stock lag. Zustände wie im alten Rom!

Ich befand mich bereits in einer Art Schwebezustand, als der Arzt kam. Wie in einem Film sah ich mich und die anderen dort unten und fühlte mich ganz leicht. Ich weiß nicht, was der Mediziner mir gab, aber bald darauf war der schöne Zustand vorbei.

Warum habt ihr mich zurückgeholt? Ich wollte doch fliegen ...

Im Sommer konnte ich mit Recht stolz auf mich sein. Meine Mutter war in aller Früh aufs Dorf gefahren, und ich sollte nach Schulschluss hinterherkommen. Dazu musste ich aber erst mit der Straßenbahn zum Bahnhof, dort in den richtigen Zug steigen und in W. in den Bus wechseln. Meine Mutter machte sich dann doch große Sorgen, da ich ja erst sieben war. Vielleicht ging ich unterwegs verloren und saß dann heulend in einer Ecke. Aber ich kam heile und vergnügt auf dem Dorf an und wurde endlich sogar mal gelobt.

Die Tiere und ich

So harmonisch ging es jedoch selten bei uns zu.

Bereits auf dem Dorf hatte ich eine besondere Beziehung zu Tieren gehabt. Egal, ob das nun Katzen, Hunde, Hühner oder Schweine waren. Einmal war ich mit meinem Vater unterwegs und brachte abends Nacktschnecken mit nach Hause - und zwar in den Taschen meiner Wildlederhose.

„Zeig mal Mami, was du Schönes hast!" Mami war alles andere als erfreut, denn nun musste sie den Schleim aus dem Leder waschen.

Richtig Zoff gab es, als ich mir später in der Stadt dann heimlich einen Hamster kaufte und der sich zu Hause durch seinen extra großen und stabilen Karton fraß. Für einen richtigen Käfig fehlte mir ja das Geld. In jener Nacht sollte eine Tante meiner Mutter bei mir im Zimmer auf der Couch übernachten. Ich freute mich immer, wenn Besuch da war, das lenkte meine Eltern von mir ab. Nicht so diesmal! Leider hatte sich das Tierchen inzwischen durch das Kopfkissen der Tante gefressen, sicher fand es diesen Schlafplatz kuscheliger als den von mir so schön weich ausgepolsterten Karton. Die Federn flogen nur so, und der Übeltäter flüchtete. Ebenso die Tante, die sich weigerte, auch nur eine Minute länger bei uns zu verweilen.

„Du fängst den Hamster ein, sonst streue ich Gift", drohte meine Mutter.

Jetzt bekam ich richtig Angst. Das arme Tier! Ich hatte es in mein Herz geschlossen mit seinem samtigen goldweißen Fell. Außerdem konnte ich es nicht ertragen, wenn man Tieren etwas antat. Ich erwischte das Kerlchen schließlich nachts, als ich auf der Lauer lag, an der Gardine. Im etwas Fangen war ich richtig gut, im Wald erhaschte ich so manchen Frosch und früher auf dem Dorf auch öfter mal eine Feldmaus.

Alles Betteln half nichts, mein Vater übergab das niedliche Tier am nächsten Morgen einem Arbeitskollegen, der Hamster mehr zu schätzen wusste als meine Eltern. Auch das Meerschweinchen, das per Inserat an einer Litfaßsäule wegen Platzmangel abzugeben war, musste ich wieder zurückbringen. Meine Freundin hatte es gut, die durfte ihrs behalten.

Meiner Tante brachte ich in den Ferien stolz einen Igel nach Haus. Ich wusste genau, wie ich ihn fassen musste, damit er sich nicht zusammenrollen kann.

„Den bring man wieder zurück", sagte sie. „Der ist doch noch so klein. Seine Mutter sucht ihn sicher schon."

Der Gedanke an die verzweifelte Igelmama machte mich traurig, und ich setzte das Tierchen ganz schnell wieder vor dem Gebüsch ab, wo ich es gefunden hatte.

Nachts durfte ich neben meiner Tante schlafen, da mein Onkel Schichten im Bergwerk arbeitete. Wir lasen immer noch jede ein Buch im Bett, und dann gab es Schokolade aus der Nachttischschublade - oder Nachtischschublade, wie ich sie insgeheim nannte. Das war sicherlich nicht förderlich für die Zähne, aber damals achtete da - zumindest in meiner Familie - noch keiner so drauf.

An jenem Abend entdeckte ich dann prompt einen winzigen schwarzen Punkt auf dem Bettlaken und machte meine Tante darauf aufmerksam.

„Na, das ist ein Floh von deinem Igel", sagte die. Dann begann eine lustige Jagd auf das Insekt. Es wurde schließlich gefangen.

„Hoffentlich war es wirklich nur der eine", seufzte meine Tante.

Das Kreuz mit der Nase

Ich hatte immer mal wieder Nasenbluten, vor allem, wenn ich mich übergeben musste.

Das war sehr unangenehm. Heute denke ich, es könnte davon kommen, dass mir im Schwimmbad mal jemand auf die Nase sprang. Ich erinnere mich noch gut an den höllischen Schmerz. Wir waren ja nun in die Stadt gezogen, und meine Mutter, die als Kind nie Gelegenheit hatte, Schwimmen zu lernen, setzte sich in den Kopf, dass wir es jetzt beide zusammen schaffen könnten. Gleich im ersten Sommer sollte es losgehen.

In unserer Nähe gab es eine Schwimmhalle mit angeschlossenem Freibad. Meine Mutter begann damit, mich draußen im flachen Wasser hinter sich herzuziehen, wobei sie mir die Kehrseite zuwandte und ihre Arme nach hinten ausstreckte.

Ich „schwamm" auf dem Rücken, als es geschah. Es war streng verboten, vom Beckenrand zu springen, ein Junge tat es dennoch. Es platschte, ich fühlte ein Gewicht auf mir, wurde unter Wasser gedrückt und spürte Atemnot und unendlichen Schmerz. Mein eigener Schrei gellte mir in den Ohren, aber meine Mutter zog mich ungerührt weiter durch das Wasser.

Erst als andere Badegäste sie darauf aufmerksam machten, dass ich stark aus der Nase blutete, drehte sie sich um und sah, was los war. Ich bekam nichts mehr mit, mir wurde schwarz vor Augen. Keine Ahnung, wie ich an dem Tag nach Hause kam.

Später sagte meine Mutter: „Wie konnte ich das ahnen? Ich dachte, du machst so ein Theater, weil du nicht mehr schwimmen willst."

Danach meldete sie uns beide zum Schwimmkurs an. Dort wurde streng auf Disziplin geachtet. Das Schwimmen lernen bereitete mir Freude. Ich machte demzufolge rasante Fortschritte: Während meine Mutter noch im flachen Wasser übte, konnte ich bereits ohne Schwimmhilfe von einem Beckenrand zum anderen schwimmen. Sie gab dann auch endgültig auf, nachdem sie sich die Hüfte daheim am Küchenstuhl gestoßen hatte.

Ich machte alleine weiter, bekam den Frei- und Fahrtenschwimmer. Allerdings streikte ich beim Jugendschwimmer, da hätte ich tauchen müssen und bekam sofort Panik bei dem Gedanken an unkontrolliertes Nasenbluten unter Wasser. Außerdem genügte mir EIN Sprung vom Dreimeterbrett. Das war definitiv nicht meins!

Zu Hause gab es wieder einmal Trouble. Meine Mutter schlug oft, mein Vater eher selten, aber wenn, dann richtig.

Angeblich sollte ich einen für ihn wohl sehr wertvollen Kugelschreiber aus seinem Regal genommen haben. Ich hatte den Stift aber gar nicht, mich interessierten ohnehin nur die Bücher dort. Er wurde wütend und schlug mir derb mit der Rückhand ins Gesicht. Sofort schoss das Blut aus meiner Nase. Meine Mutter stürzte hinzu, als er erneut zum Schlag ausholte. „Ich schlag sie tot!"

Ich fühlte etwas wie ein explodierendes Feuer in mir. Wut und unbändigen Hass! Ich muss erschreckend ausgesehen haben. Meine Mutter sagte später: „Wenn Blicke töten könnten, wäre dein Vater auf der Stelle tot umgefallen."

Er fiel nicht tot um, aber ich denke, er hatte damals einen kleinen Herzinfarkt, denn er blieb mit erhobenem Arm stehen wie eine Statue, wurde kreidebleich und stöhnte fürchterlich. Meine Mutter geleitete ihn vorsichtig in die Stube zum Sessel.

Der Stift fand sich übrigens bald darauf wieder an, er war einfach nur vom Regal gerollt.

Nach über 30 Jahren stellte man nach sehr heftigem Nasenbluten (ich konnte es alleine nicht mehr stillen) in einer Klinik fest, dass meine Nase auf der rechten Seite innen gesplittert ist, ein rasiermesserscharfer Knochensplitter war auf dem Monitor zu sehen. Dieser kann von Zeit zu Zeit das Gewebe zerschneiden, was zu einer erneuten Blutung führt. Der Arzt riet zu einer Operation auf lange Sicht. Ich benutze aber lieber weiterhin das alternativ empfohlene Nasenöl und habe seitdem keine Probleme mehr gehabt. Toi toi toi.

Du bist doch ein Mädchen

Am 27. Dezember, gleich nach Weihnachten, habe ich Geburtstag. Die Geschenke wurden bei uns immer ganz gerecht aufgeteilt. Den ersten Schwung gab es Heiligabend unterm Weihnachtsbaum und den zweiten am 27. - auch unter dem mit für meinen Geschmack zu viel Lametta verunstalteten Baum. Da war ja gar kein Grün mehr zu sehen!

Ich wünschte mir jedes Jahr Legosteine, eine elektrische Eisenbahn und ganz viele Bücher. Ich bekam aber immer nur Puppen und - zum Glück - reichlich Bücher, mit denen ich mich wunderbar in mein Zimmer oder eine Ecke in der Stube verkrümeln konnte.

„Du bist doch kein Junge! Ein Mädchen spielt nicht mit Lego oder einer Eisenbahn."

Das stimmte ja gar nicht: Meine Freundin hatte Legosteine, und ich liebte es, damit Häuser zu bauen. Meine Kreativität zwang ich den ungeliebten Puppen auf, indem ich ihnen Bärte aufmalte.

Ich erfuhr noch auf ganz andere Art, dass ich ein Mädchen war. Von Anfang an wurde ich in der Stadt angehalten, im Haushalt zu helfen. Am meisten hasste ich es, die Socken, die meine Mutter im Waschbecken in aufgefangener Lauge wusch, in eiskaltem Wasser nachzuspülen - dabei taten mir vor allem im Winter im ungeheizten Bad so die Hände weh. Ich verstehe bis heute nicht, warum die Strümpfe nicht auch in der Maschine gewaschen wurden. Allein der Geruch dieser stinkenden Schmutzbrühe war mir schon zuwider. Bügeln - ich bekam meist die karierten

Stofftaschentücher meines Vaters vorgelegt - und Treppe wischen waren ebenso unangenehme Aufgaben für eine 9-Jährige.

„Mein Cousin und die Nachbarskinder müssen sowas nie machen", beklagte ich mich.

„Das sind ja auch Jungen", entgegnete meine Mutter.

Die „Jungen" liefen mit Vorliebe über die nasse Treppe, wenn ich gerade beim Wischen war. Ihr hämisches Grinsen rief mir nochmals vor Augen, dass ich eben nur ein Mädchen war. Dazu kamen dann noch die verhassten Sonntagsspaziergänge im feinen Kleid und der Handarbeitsunterricht in der Schule. Mein genähter Rock wollte mir einfach nicht passen, obwohl ich mich so damit abgequält hatte. Ständig rutschte er mir herunter.

Die Lehrerin fragte: „Ist der für dich?"

Dummerweise bejahte ich und bekam prompt eine 4. Die Topflappen waren murklig, krumm und schief, und der gehäkelte Pullover wurde mit jeder Reihe ein Stück breiter.

Aber ein halbes Jahr lang kamen meine Freundin und ich dann tatsächlich in den Genuss, mit den Jungs aus unserer Klasse zu werken. Wir haben nämlich einfach so getan, als hätten wir uns in der Tür geirrt und durften wirklich bleiben. Wunder geschehen!

In jenem Halbjahr stellten wir wunderschöne Flipper aus Holz her und hatten viel mehr Spaß als in der langweiligen Handarbeitsstunde.

Im Alltag bevorzugte ich Jeans oder kurze Hosen, später Hotpants. Damit konnte man auch viel besser Radfahren oder auf Bäume klettern.

In den Ferien durfte ich immer eine Woche zu Tante und Onkel, das war die schönste Zeit für mich.

Mein Onkel unternahm viel mit mir: Wir gingen ins Schwimmbad oder in den Wald. Im Auto durfte ich vorne sitzen und das Radio anmachen, wenn wir morgens frische Brötchen holen fuhren.

Als ich ihn mal fragte, ob er kein zweites Kind wollte, antwortete er: „Wenn ich wüsste, dass es ein Mädchen wird, dann schon."

Mit meiner Tante konnte man wunderbar lachen und Witze erzählen oder über den Markt bummeln. Es gab Limonade statt den ganzen Tag über nur Muckefuck - und nachmittags leckeren Kuchen vom Bäcker.

Nur mit meinem Cousin, der sieben Jahre älter war als ich, stand ich oft auf Kriegsfuß. Besonders gemein fand ich es, wenn er mich bei Tisch so richtig zum Lachen brachte, denn er wusste, dass ich dann regelrechte Lachkrämpfe und keine Luft mehr bekam. Wenn ich am Boden herumrollte und schon befürchtete zu ersticken,

rief meine Tante jedes Mal besorgt: „Atme durch!", und
er feixte schadenfroh.

Es wird gegessen, was die Kelle gibt

Wie schon zuvor erwähnt: Ich war als Kind ein schlechter Esser. Das sollte sich erst ändern, als ich später auszog und selber kochte. Ich improvisiere noch heute gerne, das bringt aber auch das Land, in dem ich jetzt wohne, schon mit sich. Munter experimentiere ich mit Zutaten und Gewürzen, und bis auf den exotischen Kokosreis mit Pfirsich hat mein Mann bisher alles tapfer aufgegessen.

Meine Kochkünste reichen von türkischen und griechischen Speisen über indische bis chinesische Köstlichkeiten, und meine Kinder begeistern sich noch heute für den afrikanischen Käsekuchen.

Wenn ich aus der Schule kam, roch ich meist schon, was es zu essen gab. Wenn ich doch einmal fragte, lautete die Antwort stets: „Scheiße mit Reis".

Suppentage waren für mich das Schlimmste, allen voran solche, an denen es Kohlsuppe mit fettem Bauchfleisch und Kümmel gab. Von Kümmel wurde mir schlecht.

„Ich habe ihn doch extra in einen Beutel getan!"

„Was bringt das schon? Der Geschmack bleibt der gleiche!"

Ich mochte viele Suppen nicht. Stundenlang saß ich dann vor meinem Teller.

„Du bleibst sitzen, bis der Teller leer ist", hieß es dann. Meist hatte ich Glück und meine Mutter musste irgendwohin, zum Beispiel auf den Hof zum Wäsche aufhängen.

„Wenn ich wieder hochkomme ist der Teller leer!"

Er war leer. Ein Klo direkt neben der Küche kann auch Vorteile haben.

„Na siehst du, es geht doch!"

Mit Kohlrouladen und gefüllter Paprika war es schon schwieriger, die konnte man nicht so leicht unzerkleinert verschwinden lassen.

Auch bei meiner Tante mochte ich manches nicht, zum Beispiel ihre Karottensuppe. Mein Cousin aß stets mit gutem Appetit und durfte aufstehen, während ich noch saß und lustlos im Essen herumstocherte.

Meine Tante sagte ungeduldig: „Christine, guck mal auf die Uhr." Aber um Antworten war ich nie verlegen: „Mami sagt, du sollst nicht immer auf die Uhr schauen. Guck auf deinen Teller!"

Doch ich musste durch. Das Motto hieß hier wie dort: Es wird gegessen, was die Kelle gibt!

Später erfuhr ich irgendwann, dass meine Mutter, wenn sie als Kind ein Gericht nicht mochte, zum Beispiel Schwärchen oder Steckrüben mit Hammelfleisch, etwas anderes zu essen bekam. Das Leben ist ein Arschloch - und ich stecke mitten drin!

Tantchen hielt gerne pünktlich ein Mittagsschläfchen, während ich ihre Zeitschriften ansah. Nach ihrem Aufwachen las ich ihr die Witze daraus vor, und wir lachten gemeinsam.

Oberschule

Nach den vier Jahren Grundschule wollte meine Mutter mich auf einer Gesamtschule anmelden. Ich wehrte mich mit Händen und Füßen.

„Meine beste Freundin kommt auf die Oberschule (so nannten wir damals das Gymnasium), und genau da will ich auch hin!"

„Das entscheiden immer noch wir!"

Es half alles nichts: Ich wurde auf der Gesamtschule angemeldet. Das lange Warten auf eine Zusage begann. Keiner freute sich so wie ich, als von dort in letzter Sekunde eine Absage kam. „Wo soll ich dich denn jetzt noch unterbringen? Die Zeit der Anmeldungen ist doch schon vorbei", stöhnte meine Mutter entnervt.

„Auf der Oberschule!", schrie ich begeistert.

Mein Vater kümmerte sich nie um sowas. Er wollte immer nur seine Ruhe haben und verschanzte sich am liebsten hinter seiner Musikanlage, wo er James Last hörte, oder beschäftigte sich stundenlang mit seiner Briefmarkensammlung. Dank ihm legte ich auch mehrere Alben an, allerdings bevorzugte ich bunte arabische Marken.

„Die sind doch nichts wert", erklärte er mir.

Jahre nach seinem Tod versuchte meine Mutter, seine Sammlung, in die er viel Geld gesteckt hatte, zu verkaufen und musste feststellen, dass man dafür nicht mal mehr den ursprünglichen Kaufpreis herausbekam.

„Macht doch, was ihr wollt", kam es dann auch zum Problem der Umschulung prompt aus seiner Ecke. Meine weitere Laufbahn interessierte ihn nicht die Bohne.

„Ich könnte es ja auf der Realschule versuchen", überlegte meine Mutter.

„Da gehe ich nicht hin!"

Jetzt war ich aber echt sauer. Die versuchte ja wirklich alles, damit ich nicht aufs Gymnasium kam.

Meine Mutter ging stundenweise bei einer Oberstudienrätin putzen und fragte letztendlich SIE um Rat. Die gute Frau kannte mich bereits, da ich öfter nach der Schule dort vorbeischaute - und sie war dann auch meine Rettung!

„Das ist doch ganz klar, mit dem Zeugnis kommt nur die Oberschule in Frage. Melden Sie sich gleich morgen früh bei der Direktorin, lassen Sie sich aber bloß nicht abwimmeln, das ist eine gute Bekannte von mir!"

Zu dem Zeitpunkt hatte ich noch keine Ahnung von dem vorhergehenden Gespräch und dem geplanten Schulbesuch meiner Mutter.

Die Direktorin besagten Gymnasiums besah sich meine Unterlagen und sagte: „Normalerweise nehme ich niemanden mehr an, da die Anmeldefristen vorbei sind - aber bei dem guten Zeugnis mache ich gerne eine Ausnahme."

Meine Mutter kam nach Hause und sagte, ohne eine Miene zu verziehen: „Nach den Ferien gehst du zur Oberschule."

Dem Himmel sei es getrommelt und gepfiffen!

Freudestrahlend überbrachte ich meiner Freundin die frohe Nachricht, worauf ihre Oma der Direktorin ebenfalls einen Besuch abstattete, um zu veranlassen, dass wir beide auch wirklich in dieselbe Klasse kamen.

An der Nordsee

Mit 12 Jahren wurde ich erneut verschickt: Diesmal nach Langeoog an die Nordsee. Hier hatten wir jeden Morgen erst Frühsport und wurden danach gewogen. Ich wurde stets angemeckert, weil ich partout nicht zunahm. Dafür konnte ich doch nichts! Wir wurden mit Eiern und Milchbrei (von dem wir einmal alle fürchterlichen Durchfall bekamen) regelrecht gemästet, während die auf Diät gesetzten Kinder durch eine große Glasscheibe zuschauen und von ihrem kargen Mahl zehren mussten. Ein kleineres Mädel, das neben mir saß, konnte Erbsen absolut nicht ausstehen. Sie schüttelte sich: „Igitt igitt!" Heimlich ließ sie die grünen Kügelchen in einer Nische unter dem Tisch verschwinden. Ich freute mich bei dem Gedanken an das Gesicht desjenigen, der sie eines Tages dort vielleicht entdecken würde. Am Ende des Aufenthalts hatte sich allerhand angesammelt, wie die Kleine mir stolz zeigte.

Tagsüber ging es ans Meer. Ich war nur einmal mit im Wasser, obwohl ich inzwischen gut schwimmen konnte. Wir mussten da nämlich alle im Kreis stehen, uns an den Händen fassen und „Laurenzia" singen. Auf und nieder ging es im Wellengang zum Takt des Liedes. Wie albern! Da spielte ich dann doch lieber Beach-Volleyball! Zum Glück stand das zur freien Auswahl.

Ich erinnere mich noch, dass ich gleich bei der Ankunft im Heim die Frage stellte: „Werden wir hier nachts eingeschlossen?" Verwundert verneinte die Erzieherin. Wir durften dann auch wirklich jederzeit zur Toilette gehen. Allerdings gab es nachmittags um 15 Uhr das letzte Getränk, und das war immer Hagebuttentee. Ich konnte ihn nicht ausstehen, aber ich zwang mich, das blassrote Gebräu zu trinken, denn vor dem nächsten Frühstück gab es ja nichts mehr.

Als bei der Abschiedsparty nach 6 Wochen der einzige von uns allen einstimmig als gutaussehend bezeichnete Junge von einem anderen Mädchen weggeschnappt wurde und ich noch genauso dünn wie vorher war, erklärte ich die Kur für mich persönlich als gescheitert. Ich hatte ganz umsonst gedurstet.

Zu Hause wurde mir oft damit gedroht, mich in ein Heim für schwererziehbare Kinder zu stecken, was ein kleines Trauma in mir auslöste. Wie tief das steckte, wurde mir erst später bewusst, als wir Jahre später auf dem Gymnasium im Kunstunterricht eine Fotocollage aus Bildern, die wir aus Zeitschriften schnitten, fertigen sollten. Meine Collage war schwarz-weiß und zeigte einen kleinen Jungen mit traurigem Gesicht, der sein kariertes Bettzeug in einen verdreckten Gang zog, ein finster blickendes Ehepaar, einen Zaun aus Stacheldraht und ein Haus, das dem Kindererholungsheim an der Nordsee verdächtig ähnelte.

Die Musik und ich

Ich stand - im Gegensatz zu meiner Mutter, die mit Mühe und Not ein Strichmännchen aufs Papier brachte - auf Kunst. Leider hatte sie, die aus einer sehr musikalischen Familie stammte und als Kind so gerne ein Schifferklavier (Akkordeon) haben wollte - was sie aber nie bekam - so gar kein Verständnis dafür, dass jemand nicht singen konnte. Wenn es mir von Natur aus nicht lag, dann hatte ich es eben zu lernen. Folglich genügte es nicht, dass ich mich im Musikunterricht herumquälte, meine Mutter fand nämlich leider heraus, dass es bei uns einen Schulchor gab. Also musste ich dort teilnehmen, vielleicht würde ja meine Stimme dadurch geschult werden und ich ein Gefühl für Rhythmus entwickeln, das mir bisher total abging. Ich verstand: Sie wollte meinen Gesang nicht hören, aber andere durfte ich damit beglücken. Nun denn! Ich gab wirklich mein bestes und erntete prompt strafende Blicke des Chorleiters, der gleichzeitig auch unser Klassen- und Musiklehrer war. Ich bemühte mich daraufhin, leiser zu singen, um nur nicht aufzufallen. Im Musikunterricht durfte ich die Triangel bedienen und hätte doch viel lieber auf die Pauke gehauen.

Einmal bekamen wir eine recht anspruchsvolle Hausaufgabe: Wir sollten ein eigenes kleines Stück komponieren. Das war doch mal eine richtige Herausforderung. Ich zeichnete mit Begeisterung eine harmonisch anmutende Reihe an Noten mit hübschen Schwänzchen auf das Notenpapier, von denen ich einige schwarz färbte und andere weiß ließ. Es sah richtig

51

gelungen aus, fand ich. In der nächsten Musikstunde wurden die meisten der Kompositionen vorgespielt. Meine war nicht dabei. Wahrscheinlich klang sie doch nicht so gut, wie sie aussah. Das Stück meiner Freundin wurde hingegen sehr gelobt. Sie hatte zu Hause ein Harmonium und darauf was richtig Tolles fabriziert. Jahre später studierte sie übrigens Lehramt Mathematik und Musik.

Mit dem Chor sollte mein Martyrium aber erst beginnen. Die Oma meiner Freundin war meiner Mutter dummerweise auf der Straße begegnet und hatte ihr erzählt, dass ihre Enkelin jetzt in der Schule flötet und zwar mit großer Begeisterung.

„Warum hast du mir denn gar nicht erzählt, dass es bei euch Flötenunterricht gibt?!" Ich blickte in zwei tadelnde honigbraune Augen. „Das ist doch etwas sehr Schönes. Morgen kaufe ich dir eine Flöte, und dann meldest du dich da an."

Von Anfang an stand ich mit diesem schlanken Musikinstrument auf Kriegsfuß. Misstrauisch beäugte ich die Blockflöte. Probeweise blies ich hinein und bekam nur schrille Misstöne zustande. Dafür kam unten nach einer Weile Spucke raus. Egal welche Löcher ich mit meinen Fingern auch verschloss, es quietschte ganz entsetzlich, das verletzte meine empfindlichen Ohren, die grad noch den zarten Klang einer Gitarre ertrugen.

Ich hasste den Flötenunterricht mit jeder Stunde mehr, doch es gab kein Entkommen. Ich konnte Noten einfach nicht umsetzen, mir fehlte nicht nur die Lust, sondern auch das musikalische Gehör. Zur Krönung musste ich zum folgenden Weihnachtsfest unter dem Baum erst „Oh du fröhliche" flöten, bevor ich meine Geschenke auspacken durfte. Es hat wohl niemanden so richtig begeistert, denn an den folgenden Festen wurde auf meine Musikeinlagen zum Glück verzichtet. Irgendwann verkaufte ich das ungeliebte Instrument auf dem Flohmarkt.

Solange du die Füße
unter unseren Tisch steckst

Meine Mutter war eher praktisch veranlagt, und so blieb mir eine religiöse Erziehung zum Glück erspart. Unsere Kirchenbesuche beschränkten sich auf Weihnachten, worum ich aber nicht böse war. Evangelische Kirchen waren für mich düster und kalt, und so wartete ich, in einen warmen Mantel gehüllt, ungeduldig auf das Ende der Weihnachtsmesse, während mein Vater zu Hause die Geschenke unter den geschmückten Baum packte. Er sagte immer zu mir: „Ich habe auch einen Glauben, nämlich, dass ein Pfund Rindfleisch eine gute Suppe gibt."

Das Weihnachtsbaum schmücken war, meiner Meinung nach, eine gute Ausrede, nicht mit in die Kirche zu müssen.

Mit meiner Gymnasialzeit begann meine Mutter noch nervöser zu werden. Sie arbeitete jetzt halbtags in einem Supermarkt. Meine Freundin und ich nutzten die Zeit ihrer Abwesenheit immer öfter, um heimlich unser Leibgericht Eier mit Schinken und Käse zu braten. Leider wurde das bald bemerkt, und fortan wurden die Eier sorgfältig versteckt. „Du sollst nicht nur essen, was dir schmeckt!" Also ging es nach der Schule auf Eiersuche, die wir dann auch prompt samt Packung in der großen Blumenvase auf dem Flur fanden. Diese sollte übrigens nicht alt werden. Als meine Mutter wieder mal das nasse Scheuertuch nach mir warf und ich mich geschickt bückte, traf sie das edle Stück, und es zerbrach in große Scherben. „Die schöne Vase!"

Fortan variierten die Eierverstecke.

Später hieß es dann „Der schöne Bügel!" Wegen einer versauten Mathearbeit wollte sie mich mit einem Holzbügel verprügeln. Natürlich bekam ich auch was ab, während ich mich kichernd auf dem Bett hin und her rollte, aber schließlich traf sie die Bettkante, und das gute Stück zerbrach in zwei Teile.

Mathe war mein Schwachpunkt. Mengenlehre checkte ich ganz gut, aber mit Algebra und Geometrie konnte ich nur wenig anfangen.

„Du bist so doof wie Schifferscheiße!", bekam ich zu hören.

„Aber ich habe in Deutsch eine 1 geschrieben", rechtfertigte ich mich. „Andere bekommen für eine 1 zwei Mark."

„Das ist ja wohl selbstverständlich, dass du deine Muttersprache kannst. Bring eine 1 in Mathe, dann bekommst du zwei Mark." Ich schaffte die 1 nie, bekam auch nicht die zwei Mark - ja noch nicht einmal ein richtiges Taschengeld wie meine Schulkameraden. Auch die Schulausflüge musste ich selber finanzieren, und so begann ich gemeinsam mit meiner Freundin im Alter von 12 Jahren nach der Schule Zeitschriften und Prospekte auszutragen. Die hierfür benötigte Unterschrift bekam ich problemlos von meinen Eltern.

In der Schule lief es ganz anders als zu Hause. Die meisten Kinder hatten jüngere Eltern, und antiautoritäre Erziehung war gerade groß im Kommen. Nur nicht bei uns! Diskutieren kam gar nicht erst in die Tüte. „Solange du die Füße unter UNSEREN Tisch steckst, wird gemacht, was WIR dir sagen!", lautete das Motto. Folglich konnte ich weder vernünftig diskutieren noch sachlich argumentieren.

Zu jener Zeit litt ich zunehmend unter starken Kopfschmerzen und - Komplexen.

„Du hast die Knollennase und die Schweinsaugen deines Vaters", stichelte meine Mutter mehr als einmal. Das frustrierte. Sah ich wirklich wie ein Schweinchen aus?

Einmal fragte ich genervt: „Warum hast du ihn denn dann geheiratet, wenn du ihn so hässlich findest?"

Zack, hatte ich eine hängen!

Ich sah in den Spiegel, konnte mich selbst nicht mehr leiden und wäre am liebsten unsichtbar geworden. Ich hasste meine Sommersprossen, um die manche mich doch wahrhaftig auch noch beneideten.

„Ich bin ja so verschossen in deine Sommersprossen."

Dazu kam, dass ich meine Haare immer heimlich waschen musste, es war ebenso wie baden oder duschen nur einmal die Woche gestattet, und oft ging ich daher notgedrungen mit fettigen in die Schule. Merkte meine Mutter, dass im Bad das Wasser lief, bollerte sie von außen gegen die Tür.

„Wäschst du etwa schon wieder Haare?!"

Bald machte ich im Unterricht kaum noch mit. Selbst wenn ich die Antworten wusste, meldete ich mich nicht. Ich war einfach zu unsicher geworden, schlitterte aber irgendwie so mit. Die Situation änderte sich erst mit dem Kurssystem, als ich unliebsame Fächer wie Chemie, Physik und Musik abwählen konnte und neue Leute um mich herum hatte. Jetzt konnte ich mich auf Fächer wie

Kunst, Englisch und Deutsch konzentrieren sowie Volleyball und Leichtathletik statt Bodenturnen und Bockspringen belegen. In Biologie wählte ich einen Kurs bei einer Lehrerin, die anscheinend genauso wenig mit Chemie am Hut hatte wie ich und am liebsten Pflanzen oder Tiere mit uns durchnahm. In der Abi Prüfung legte ich eine fehlerfreie Klausur hin. Es ging um Mutationen und Modifikationen, ein Thema, das mich brennend interessierte. Da ich jedoch als einzige die volle Punktzahl hatte, musste ich in die mündliche Prüfung, die ich mit Leichtigkeit bestand. Ich hatte nicht gespickt und auch vorher nicht großartig gebüffelt, sondern einfach das Wissen in mich aufgesogen und gespeichert.

Mein Schutzengel

Ich konnte einiges wegstecken und war alles andere als zimperlich. Schon mit sieben hatte ich meine ersten OPs. Zunächst mussten die Polypen raus, kurz darauf die Mandeln. Ich erinnere mich mit Grauen an die schwarze Maske, durch die ich das Narkosemittel einatmen musste. Das dauerte ewig, bis es wirkte, in meinen Ohren schwoll ein seltsamer Ton auf und ab, der Arzt entfernte sich und kam wieder näher, während bei mir langsam alles abstarb.

Wie schön sind dagegen die Spritzen heute. Die OPs selber schüttelte ich dagegen schnell ab und kam nach kurzer Zeit schon wieder auf die Beine.

Meine Zähne machten mir weit mehr zu schaffen. Die Zahnärztin zog mir zwei Backenzähne, an denen Abszesse hingen, jagte mir eine Spritze direkt in die Wurzel eines Schneidezahns, schliff denselben später ohne Betäubung nach, weil die Krone nicht richtig saß und brach mir einen Weisheitszahn ab, wonach sie die Wurzelstücke einzeln herausprokeln musste.

Ich wechselte den Zahnarzt siebenmal, bevor ich einen wirklich guten erwischte, der mit meinen maroden Zähnen fertig wurde.

Meine Kopfschmerzen wurden von Jahr zu Jahr schlimmer. Eines Tages waren sie so arg, dass ich nicht in den Sportverein wollte, bei dem meine Mutter mich zwangsangemeldet hatte. Ich musste trotzdem gehen, denn natürlich wurde mir nicht geglaubt.

„Du hast nur keine Lust", hieß es.

Wir sollten uns warm laufen, immer schön im Kreis. Die Wand verschwamm vor meinen Augen, und ich krachte voll dagegen. Danach konnte ich meinen Arm nicht mehr heben. Meine Mutter musste mich abholen und zum Arzt bringen. Der stellte fest, dass ich mir das Schultergelenk ausgerenkt hatte.

Beim Auskugeln der Schulter springt der Oberarmknochen aus der Gelenkpfanne. Ein Griff und er war wieder eingerenkt, damals fackelte man nicht lange - und es wurde auch gar nicht erst viel Zeit mit Röntgen verschwendet.

Eines Nachts wachte ich aus einem Albtraum auf. Ich hatte geträumt, dass mein Knie an einer Stelle eine gelbgrüne Beule hatte. Als ich sie öffnete, kamen unzählige winzige giftgrüne Käfer herausgelaufen und rannten das Bein hinunter.

Am nächsten Morgen entdeckte ich dann auch prompt an besagter Stelle eine grünlich schimmernde Beule. Mein Albtraum war wahr geworden. Beunruhigt zeigte ich meiner Mutter das Bein, und es ging Holter die Polter zum Arzt. Der Chirurg piekte das Furunkel kurzerhand auf - und gelbgrüner Eiter lief mir das Bein hinab. Da hatte ich wohl tatsächlich mal einen prophetischen Traum gehabt!

Richtig Glück hatte ich dagegen ein anderes Mal. Ein Auto fuhr direkt neben mir an, als ich den Fuß schon auf die Straße gesetzt hatte, um jene zu überqueren, und rollte mir mit einem Vorderreifen über den Winterstiefel. Es spricht wohl auch für das gute Schuhwerk, dass bei mir nichts gebrochen oder gequetscht war. Wenn mich auch manchmal der Teufel reitet, so habe ich wohl doch einen guten Schutzengel.

Kein pelziges Vergnügen

Meine Mutter, deren Kindheitsträume ihren Erzählungen nach aus einem Fahrrad, einer Ambanduhr und einem Akkordeon bestanden, hatte inzwischen andere Wünsche. Ab und zu leistete sie sich zum Beispiel einen echten Pelzmantel. An jenem Tag zählte ich drei davon in ihrem Kleiderschrank.

„Fass ruhig mal an", ermutigte sie mich.

Es fühlte sich seltsam an.

„Woraus werden die gemacht", forschte ich und erhielt zur Antwort, dass es unter anderem Pelze aus Fuchs, Nerz, Zobel und Marder gibt. Ich war entsetzt. Mit Zobeln und Mardern konnte ich zwar nicht viel anfangen, aber Füchse lebten doch in meinem geliebten Wald! Ich war von klein auf sehr naturverbunden, und Tiere hatten einen besonderen Platz in meinem Herzen.

„Es gibt auch Schals und Kopfbedeckungen aus Pelz zu kaufen", wurde mir erklärt.

„Ich habe eine Pelzkappe", murrte ich verärgert. An besonders kalten Tagen musste ich das scheußliche braune Ding auf dem Weg zur Schule tragen. Warm war die Kappe zwar, aber sie sah entsetzlich aus. Mein einziger Trost war, dass eine meiner Freundinnen genau so eine in grau trug und die andere zwei Wollmützen übereinander zog.

„Die ist doch nicht echt", sagte meine Mutter. „Das ist Webpelz. Wenn du möchtest, dann kaufe ich dir einen richtigen Pelzmantel."

Es gab da extra ein Geschäft bei uns in der Nähe. Probeweise hängte sie mir eines ihrer schweren Exemplare um die Schultern. Ich erstarrte. Das Teil erdrückte mich ja förmlich.

Lauthals protestierte ich: „Sowas ziehe ich nicht an! Das trägt bei uns in der Schule niemand!"

Meine Klamotten stammten meist aus Sonderangeboten vom Wühltisch. Wieso wollte sie jetzt so viel Geld für mich ausgeben?

„Wer ein bisschen was auf sich hält …"

Aha, daher wehte der Wind! Sie fand, dass es zum guten Ton gehörte, und dann hatte ich das auch zu mögen.

Tatsächlich liefen damals viele Frauen, die es sich leisten konnten, in Pelzmänteln und mit Perlenketten, gegen die ich übrigens auch eine Antipathie habe, herum.

„Die Tiere werden doch extra dafür gezüchtet", verteidigte sich meine Mutter.

Wie furchtbar! Ich dachte an meinen kleinen Hamster, den ich nur wenige Tage vor meinen Eltern verstecken konnte.

„Hamster auch?"

Meine Mutter schüttelte den Kopf: „Die sind viel zu klein. Aber du trägst doch auch Wollpullover."

Ich zog diese kratzenden Teile nicht gerne und nur unter Zwang an. Es piekste mich und die Haut wurde stellenweise rot. Das war wohl eine Unverträglichkeit, ähnlich wie ich sie als Baby gegen Gummihöschen und später Feinstrumpfhosen entwickelte. Letztere waren meiner Meinung nach eine der unsinnigsten Erfindungen überhaupt. Man hatte sich noch nicht ganz hineingequält, da erschien auch schon ein winziges Loch im Material, das sich zu einer sogenannten Laufmasche entwickelte. Sie wärmten nicht wirklich, dafür juckten mir die Beine. Kratzen konnte ich aber auch nicht, da wären sofort neue Laufmaschen entstanden. Der Hit war übrigens ein von meiner Mutter gehäkelter Sommerpulli ohne Ärmel in einem schicken Rosa, der wirklich gut zu meinen weißen Shorts passte. Das Problem war nur, dass er bei Hitze viel zu warm war - und sobald es kühler wurde fror ich an den Armen.

Ein Pelz hingegen war eine ernste Angelegenheit. Das war ein ganz anderes Kaliber als Wolle, für die man Schafe einer Schur unterzog. Für Pelz mussten Tiere ihr Leben lassen, da war ja die gegerbte Haut noch mit dran. Es war vielmehr so, als würde man einem Menschen den Skalp nehmen, wie die Indianer es manchmal taten. Ich liebte meine Winnetou-Bücher, von denen mir immer noch Band drei fehlt, da meine Eltern meinten, zwei davon seien mehr als genug.
Insgeheim wünschte ich mir, meine Mutter hätte sich lieber ihren Traum vom Akkordeon erfüllt, statt einen neuen zu entwickeln. Ein Fahrrad und eine Armbanduhr besaß sie ja inzwischen.

An der Mosel

Die Mosel ist der zweitlängste Nebenfluss des Rheins, so hatten wir es in der Schule gelernt. Und genau hierhin sollte unsere Klassenfahrt gehen. Unser Musik- und Klassenlehrer würde uns begleiten, die zweite Lehrkraft durfte von den Schülern bestimmt werden. Unsere Wahl fiel auf die Französischlehrerin, eine kleine, schlanke aber unglaublich vitale Frau mit dicken Brillengläsern. Im Unterricht drehte sie sich manchmal blitzschnell um die eigene Achse und zeigte mit spitzem Finger auf einen von uns: „Ha, hab ich Sie erwischt!" Uns war klar: Diese beiden würden jeden Scheiß mitmachen – und davon hatten wir immer genug auf Lager.

Es ging in eine Jugendherberge, die sicher auch schon mal bessere Tage gesehen hatte. Aber das war uns egal. Koblenz lag wunderschön in die hügelige Landschaft eingebettet, und das Wetter meinte es gut mit uns. Die Jungs bekamen einen Schlafsaal gemeinsam mit dem Lehrer zugewiesen. Wir Mädels belagerten einen anderen zusammen mit unserer Lehrerin.

Mittags gab es Nudeln mit Gulasch, das Fleisch war leider zäh wie eine Schuhsohle.

„Was es wohl morgen gibt?", sinnierte meine Freundin und kippte reichlich Ketchup über ihr Gericht.

„Na, wenn es heute Nudeln mit Gulasch gab, dann gibt es morgen sicherlich Gulasch mit Nudeln", witzelte ich. Alle lachten. Ach was, das konnte doch nicht sein! Aber es sollte sich bewahrheiten. Wahrscheinlich wurde hier immer gleich für mehrere Tage gekocht. Zum Frühstück gab es Brot mit verschiedenem Belag. Eine Kanne wurde herumgereicht – und was musste ich entdecken?! Es gab ausgerechnet Hagebuttentee! Oh nein! Meine Laune sank in den Keller. Seufzend goss ich ein wenig davon in meine Tasse. Gleich darauf machte eine Kaffeekanne die Runde. Das durfte doch nicht wahr sein! Blitzschnell goss ich meinen Tee zurück in die Teekanne und nahm von dem Kaffee. Hatte das wohl einer mitbekommen? Vorsichtig blickte ich auf und sah direkt in die entsetzten Augen meines Klassenlehrers, der mir gegenüber saß. Egal, ich hatte ja noch nicht aus meiner Tasse getrunken!

Die Duschen befanden sich in einem Kellergewölbe. Ich fand es abenteuerlich, aber das ging längst nicht jedem so.
„Hier dusche ich nicht!", ereiferte sich eine Mitschülerin, und eine andere kam kreischend aus der Dusche geflitzt.
„Igitt, da sind ja Spinnen!"
Komisch, wieso haben so viele Mädchen Angst vor diesen Tierchen? Als ich kleiner war, nutzte ich das manchmal boshaft aus und setzte ungeliebten Spielkameradinnen eine Spinne in den Nacken. Jungen konnte man mit sowas nicht schrecken, aber die Mädels rannten schreiend davon. Vergeblich versuchte ich, das Rätsel zu lösen. Später taten mir die Spinnen leid, die waren so winzig und hatten sicher viel größere Angst.

Die Etagenbetten in der Herberge waren ein Vergnügen für sich. Schnell fanden einige heraus, dass man von unten nur kräftig gegen die Matratze treten musste, damit das Mädel im oberen Bett ein gutes Stück in die Luft flog. Mir gegenüber saß eine Klassenkameradin mit zum Turban gedrehtem Handtuch in dem feuchten Haar und kreischte jedesmal vor Vergnügen, wenn sie im Sitzen abhob. Das war ein Spaß und Spektakel im Schlafsaal! Ich hatte allerdings das Nachsehen: Unter meinem befand sich das Bett der Lehrerin, die zwar grad nicht anwesend war, aber niemand traute sich da hinein. Also gab es keinen Höhenflug für mich.

In der Nacht darauf wollten wir uns um Mitternacht draußen mit den Jungs treffen. Zum Glück lag unser Schlafsaal im Erdgeschoss, folglich konnten wir aus dem Fenster springen und uns dann ins Gras rollen lassen.
Als es so weit war, hangelte ich mich geschickt und lautlos am Bettgestell hinunter. Leise Schnarchtöne verkündeten, dass die Lehrerin schlief. Wir verbrachten mit den Schulkameraden gut zwei Stunden in sicherer Entfernung zur Herberge. Einige hatten Wein oder Knabberzeug dabei, und so wurde es eine recht fidele Runde. Das Fenster hatten wir einen Spalt weit offengelassen, so konnten wir unbemerkt zurück in den Schlafsaal gelangen. Ich erklimmte vorsichtig das Eisengestell, doch oh Schreck! Ich landete auf raschelnden Plastiktüten, die ich dort in meiner Unordentlichkeit zuvor übers ganze Bett verteilt hatte. Unter mir bewegte sich die Lehrkraft unruhig. Sicherlich wusste sie längst Bescheid über unseren nächtlichen Alleingang. Aber sie hat dicht gehalten.

Die Tage vergingen schnell mit Ausflügen, Wanderungen und einer herrlichen Schifffahrt auf der Mosel. Für den letzten Abend war eine Weinprobe in einem Weinkeller angesagt. Ich kannte mich mit Weinen überhaupt nicht aus, obwohl ich mit zwölf Jahren mal im Drusen lag, nachdem mich ein Erwachsener auf der Silvesterparty unserer Nachbarn von unterschiedlichen Alkoholsorten probieren ließ und seinen Spaß dabei hatte. Leider bekamen meine ebenfalls anwesenden Eltern davon überhaupt nichts mit. Ich erinnere mich nur noch daran, wie ich das Klo umarmte und die Badezimmertür mit viel Krach von außen aufgebrochen wurde. Ich erwachte am nächsten Tag in meinem Bett, die Stunden dazwischen fehlen mir. Danach hielt ich mich von Alkohol fern.

Nun aber zur Weinprobe! In kleinen Gläsern wurde der Weißwein serviert. Brr, war der sauer! Ich erfuhr, dass man ihn in diesem Falle herb nannte. Nur hinunter damit – umso schneller hatte ich das Ganze hinter mir. Das dachte ich zumindest. Doch kaum hatte ich mein Glas geleert kam auch schon ein neues. Die Proben wurden immer schwerer und öliger. Hilfesuchend sah ich mich um und fand meinen Rettungsanker in der Zigarre meines Lehrers.

„Kann ich auch mal?", fragte ich mutig und durfte tatsächlich ein paar Züge nehmen. Der Lehrer sah mich besorgt an. „Ist schon wieder besser", beruhigte ich ihn. Zum Schluss stellte ich fest, dass manche noch an ihrem ersten Glas nippten. Die waren eben klüger als ich. Man musste das gar nicht alles probieren!

Auf dem Rückweg hüpfte ein recht angeheiterter Klassenkamerad mit Gipsbein und Krücken vor uns her. „Schau mal, es sieht aus, als ob er fliegt", kicherte eine Freundin ausgelassen. Im Mondlicht hatte es wirklich den Anschein, als würde er schweben. Ich stellte fest, dass ich weitaus weniger beschwipst war als die meisten unserer Gruppe. Vielleicht, weil ich mit solch einem Widerwillen getrunken hatte? Plötzlich warf der Knabe seine Krücken weg und rollte seitlich den Abhang hinunter. Andere hechteten hinterher. Unter Gelächter wurde er wieder auf den Weg befördert. Die Stimmung war unschlagbar an jenem letzten Abend unserer Klassenfahrt, die mir in guter Erinnerung blieb.

Tanzschule

Als ich siebzehn war, kam meine Mutter plötzlich auf die Idee, dass ich unbedingt tanzen lernen müsse. Meine musikalische Freundin wurde von Daheim aus verschont, aber eine andere hatte bereits ein Jahr zuvor am Tanzunterricht teilgenommen und fand ihn gar nicht mal so schlecht.

„Wozu soll ich dahin? Ich will das nicht", ärgerte ich mich lautstark.

„Es gibt doch nichts Schöneres für ein junges Mädchen als tanzen zu lernen", schwärmte meine Mutter, die in ihrem Heimatort diesbezüglich wohl ein recht flotter Feger gewesen sein muss.

„Ich kann tanzen", behauptete ich stur. Schließlich ging ich an den Samstagabenden oft in eine Disko.

„Das Gehopse da ist doch kein Tanzen, in der Tanzstunde lernst du Walzer und Foxtrott", klärte mich meine Mutter auf.

Ich wollte weder Walzer noch Foxtrott lernen. Wo sollte ich das denn jemals anwenden? Aber alle meine Einwände halfen nicht, ich wurde zum Tanzkurs angemeldet. Eine meiner Freundinnen teilte mein Schicksal, das war mein einziger Trost.

Beunruhigt und doch neugierig warteten wir Mädels herausgeputzt auf einer langen Bank. Uns gegenüber saßen die Herren der Schöpfung in ihren besten Klamotten. Ich hatte mich durchgesetzt und trug statt eines Rocks eine schwarze Hose und eine rote Bluse.

„Es kommt ja gar nicht infrage, dass du mit einer Jeans dahingehst", warnte mich meine Mutter bereits Tage zuvor. Sie hatte mich bei meiner Konfirmation schon reingeritten, indem sie mich mit einem grellen orange farbigen Rock und einer giftgrünen Bluse ausstaffierte. Es stimmte schon, dass der Pastor sich eine farbenfrohe Schar gewünscht hatte – nur kamen alle anderen im traditionellen schwarz-weißen Outfit. Ich hätte im Boden versinken mögen, doch der tat sich nicht auf. Stattdessen blieben Erinnerungsfotos, auf denen ich kunterbunt aus der Masse herausstach.

„Schau mal, das Muttersöhnchen da gegenüber", raunte meine Freundin mir ins Ohr. Oh je, der arme schlaksige Kerl hatte sein dünnes blondes Haar artig an der Seite gescheitelt, trug eine Brille und – einen karierten Anzug. Ich stand eher auf verwegene Typen mit dunklem Haar und Schnurrbart, die nach Tabak rochen, aber hier war definitiv keiner dabei, der mein Interesse hätte wecken können.

Zu allem Überfluss kam genau dieses Muttersöhnchen auf mich zu, um mich zum ersten Tanz aufzufordern. Einen Korb geben war verpöhnt, das wusste ich von meiner Mutter. Für diesen Abend war er also mein Tanzpartner. Das Ehepaar, das den Kurs leitete, gab sein bestes, um uns in die Kunst des Tanzens einzuweihen. Der Junge an meiner Seite war genauso unmusikalisch wie ich. Hölzern bewegten wir uns auf der Tanzfläche hin und her. Immer wieder trat er mir auf meine ohnehin geschundenen Füße in den unbequemen Schuhen, die ich gegen meine geliebten

Joggingschuhe ausgetauscht hatte. Die Tanzlehrerin hatte schließlich Erbarmen und nahm ihn mir ab. Doch ich freute mich zu früh: Auch ich erhielt meine Lektion und wurde auf der Tanzfläche kräftig herumgewirbelt. „Eins, zwei, drei und Schritt!" Ich hatte Rhythmus einfach nicht im Blut.

In der nächsten Woche ging ich zu einer Schulkameradin statt zum Kurs. Und da niemand meine Eltern informierte, handhabe ich das fortan immer so.

„Mann, du lässt mich hier einfach so hängen", motzte mich meine Freundin in der Schule an.

„Mach es doch auch so wie ich", schlug ich ihr vor. Aber das traute sie sich dann doch nicht.

„Bald ist ja nun der Abschlussball", meinte meine Mutter eines Tages. „Da brauchst du ein schönes Kleid."

„Nein, da gehe ich nicht hin. Ist doch schade um das viele Geld, das dich der Tanzkurs ohnehin schon gekostet hat. Das ist nichts für mich!"

Verständnislos schüttelte sie den Kopf. Warum war ihre Tochter so aus der Art geraten?!

Wie sollte ich ihr auch klarmachen, dass ich sämtliche Tanzstunden geschwänzt hatte und weder Walzer noch Foxtrott beherrschte?

Abschlussfahrt nach Paris

In der Oberstufe des Gymnasiums gab es noch ein besonderes Bonbon, das uns Appetit auf das Leben da draußen machen sollte: nämlich eine Abschlussfahrt. Wir durften wählen, eine Gruppe sollte nach Paris, die andere nach Wien fahren. Da meine Freundinnen sich alle für Paris eintrugen, entschied auch ich mich dafür.

Der Frühling zeigte sich von seiner besten Seite, und ich war schon so gespannt auf Frankreich. Die wenigsten von uns waren bisher im Ausland gewesen. Meine Urlaubserfahrungen begrenzten sich auf das kleine Städtchen, in dem meine Tante wohnte, Magdeburg in Ostdeutschland, wo ich dreimal meine Cousine besucht hatte, zweimal Braunlage im Harz, meine Verschickungen ins Allgäu und an die Nordsee sowie den Schulausflug nach Koblenz. Dies hier würde aber viel aufregender sein, da war ich mir ganz sicher.

Fröhlich zogen wir hinaus in die Welt! Paris war wundervoll mit seinen blaugrauen Dächern, den grünen Parkanlagen und dem Arc de Triomphe - der an einen riesigen Magneten erinnert - mit seinen sternförmig angelegten Straßen. Ich sog Eindrücke und Gerüche gleichermaßen in mich auf.

Schon der altmodische Fahrstuhl im Hotel war ein Erlebnis. Die Tür klemmte - und so konnte es passieren, dass die eben nach oben abgefahrenen Kollegen lachend und hüpfend wieder im Erdgeschoss landeten. Dafür funktionierten die Türen der Metro perfekt. Ein schrilles Signal ertönte, sie schlossen sich, und die Handtasche meiner Freundin fuhr draußen mit, während das arme Mädel verdutzt durch die Scheibe sah und die Henkel krampfhaft festhielt.

Überhaupt: Paris war DAS Erlebnis! Zu meinen absoluten Lieblingsplätzen gehörte der Montmartre mit seiner schmucken Kirche Sacre Coeur. Hier bezogen damals Künstler ihr Quartier. Man konnte ihnen beim Malen oder Zeichnen über die Schulter blicken, und überall standen ihre Werke zum Verkauf. Ein buntes Bild bot sich mir, das ich nie wieder vergessen sollte. Wir hatten Zeit für einen ausgiebigen Bummel im Künstlerviertel. Als Krönung des Tages stand eine Besichtigung von Sacre Coeur auf dem Programm. Ich war nie zuvor in einer katholischen Kirche gewesen, aber mir gefiel die Architektur des weißen Gebäudes mit den schönen Kuppeln außerordentlich gut. Für mich hatten Gebäude schon immer etwas Lebendiges, eine Art Seele. Ich mag zum Beispiel keine düsteren Backsteinbauten, sie bedrücken mich, und ich weiß bis heute nicht warum. Nur die Plastiktauben, die die Menschen dort vor dem Portal der Kirche fliegen ließen, störten uns. Wir fanden sie einfach kitschig und unangemessen.

Das Innere der Kirche war sehr prunkvoll aber irgendwie überladen. Anscheinend wurde grad eine Messe abgehalten. Drei Priester in weißen Gewändern standen vor dem Altar mit dem Rücken zu uns und murmelten etwas, das sich wie Beschwörungsformeln anhörte. Mir wurde mulmig. Was hatte ich hier zu suchen? Mein Blick traf den meiner Freundin, wir verstanden uns auch ohne

Worte und jagten durch das Eingangstor ins Freie hinaus, als wären tausend Teufel hinter uns her.

„War das unheimlich", keuchte ich und schnappte nach Luft.

Draußen wareteten wir geduldig auf den Rest unserer Gruppe.

Am Ufer der Seine waren ebenfalls Bilder von Künstlern aufgestellt, und ich erstand auf Kork gemalte Bilder von Sacre Coeur, Notre Dame und dem Eiffelturm. Ich hatte das Geld vom Prospekte verteilen mühselig zusammengespart, damit ich die Fahrt finanzieren konnte und musste auf mein Budget achten. Die anderen bekamen die Reise von ihren Eltern bezahlt und dazu noch ein schönes Taschengeld.

An diesem Tag erhob sich plötzlich ein zerlumpter älterer Mann am Quai und beschimpfte uns auf Französisch. Wir verstanden, dass er uns als Nazis bezeichnete und waren ebenso betroffen wie verwundert. Zu jenen Zeiten hatten wir ja noch gar nicht gelebt! Zudem waren wir sehr aufgeschlossen und hatten alles andere als eine rassistische Einstellung.

Aber ansonsten machten wir in unserem Gastland wirklich nur die besten Erfahrungen mit den Einheimischen.

Natürlich gehört zu einem Parisbesuch auch die Besichtigung des berühmten Eiffelturms. Zunächst jedoch ging es in ein Café ganz in der Nähe dieser Sehenswürdigkeit. Wir unterhielten uns in Grüppchen und entspannten bei einem Café au lait, einem Kaffee mit heißer Milch. Plötzlich fiel mir ein, dass ich bisher noch nirgendwo Crêpes gesehen hatte. Ich liebte diese hauchdünnen Eierkuchen, vor allem mit Käse und Schinken als Füllung, wie ich sie vom Rummelplatz in Deutschland kannte. Und von hier kamen sie schließlich her. In Paris gewesen zu sein und keine Crêpes gegessen zu haben, das ging ja gar nicht!

„Leute, ich habe Appetit auf Crêpes! Wer kommt mit?"
Keiner wollte, die waren alle viel zu träge. Also marschierte ich alleine los. Die anderen versprachen, auf mich zu warten. Eine Straße nach der anderen klapperte ich ab. Nichts. Das gabs doch gar nicht! Dafür kam ich immer wieder am Eiffelturm raus. Welch hässliches Metallgerüst! Das Schlimmste aber war, dass ich mich nicht mehr an den Namen des Cafés erinnern konnte. Nachdem ich das fünfte Mal am Eiffelturm landete und bereits alle Hoffnung aufgegeben hatte, fanden mich meine Schulkameraden. Sie hatten sich besorgt auf die Suche gemacht, da ich nun ja seit geraumer Zeit verschwunden war. Einer meinte, ich sei vielleicht schon vorausgegangen, denn es stand ja noch eine Besichtigung des Turms an. Und so entdeckten sie mich schließlich. Der Eiffelturm hatte irgendwas Befremdliches an sich, das nur ich zu spüren schien. Die anderen fanden ihn großartig. Wir fuhren zunächst mit dem Fahrstuhl hinauf, aber das letzte Stück mussten wir laufen. Die Aussicht von hier oben war einfach überwältigend. Da unten lag uns ganz Paris wie eine Diva in all ihrer Schönheit zu Füßen! Der Aufstieg hatte sich wirklich gelohnt.

Interrail

Meine Schulzeit näherte sich unaufhaltsam ihrem Ende. Als wir das 18. Lebensjahr vollendet hatten, beschlossen wir, in einer Gruppe von fünf Mädels die Welt zu erkunden. Das hieß im Klartext: Wir machten Interrail. Interrail war damals der letzte Schrei. Für knapp 400 D-Mark konnte man große Teile Europas auf dem Schienennetz bereisen. Die Staaten des damaligen Ostblocks waren natürlich ausgenommen. Also ging es in froher Erwartung gleich zu Beginn der Sommerferien los - über Holland und Belgien nach Nordfrankreich. Ausgerüstet waren wir mit Traveller-Rucksäcken - meiner in knalligem Orange - , Zelten, Schlafsäcken, Zahnbüsten, den nötigsten Klamotten, Badelaken, Bikinis, Sonnenmilch, Rai in der Tube zum Reinigen unserer Wäsche und sogenannten Traveller-Checks, die man problemlos überall in Bargeld eintauschen konnte. Damals gab's noch keine Euro, und so benötigten wir in Frankreich Francs, in Spanien Peseten und in Portugal Escudos.

Erste Station war St. Malo in Nordfrankreich, wunderschön am Meer gelegen. Nach einer kühlen Nacht im Zelt, in dem innen das Kondenswasser nur so hinunterlief, nahmen wir den nächsten Zug nach Paris und von dort direkt nach Lissabon. Hallo, das war ja gar nicht fremd hier! Ich hatte ein Deja Vu, alles war mir so vertraut, die Menschen, die Sprache, die alten Gebäude.

Weiter ging es Richtung Algarve mit den Zielen Faro und Tavira. Der Zug fuhr im Schritttempo, der gutmütige

Schaffner erlaubte es uns, auf den Trittstufen zu sitzen, während draußen langsam die Obstbäume an uns vorbeizogen. Es war wunderbar warm, den anderen fast schon zu heiß, und wenn der Zug mal länger auf freier Strecke hielt, konnten wir uns Birnen von den Bäumen pflücken. Und dann die Palmen, die kleinen weißen Häuser im maurischen Stil mit den kunstvoll gearbeiteten Schornsteinen, der feine helle Sand unter meinen Füßen. Ich war im Paradies gelandet, so empfand ich es damals. Portugal war zu der Zeit noch nicht von Touristen überlaufen, die Einheimischen waren hilfsbereit und aufgeschlossen. Viele jüngere Portugiesen sprachen Englisch, und man kam schnell ins Gespräch. Wundervolle fünf Wochen lagen vor uns, die leider viel zu schnell vergingen.

Im nächsten Sommer gab es die ersehnten Abschlusszeugnisse - mein Vater glänzte bei der feierlichen Übergabe in der Aula wieder mal durch Abwesenheit - und direkt danach ging es los. Die Rucksäcke hatten wir bereits dabei. Diesmal bestand unsere Gruppe nur aus drei Mädels. Das erste Ziel war ein Campingplatz nahe Bordeaux - am Wald gelegen mit wunderschönem Sandstrand. Das Meer dort war allerdings ziemlich tückisch, der Atlantik halt. Mit einer Luftmatratze wagten wir uns trotzdem zu zweit hinaus, während die andere Freundin Fotos von uns schoss. Eine Welle türmte sich plötzlich auf, so hoch wie eine Mauer. Kurz darauf überschlugen wir uns auch schon mehrmals im Wasser, wurden dann aber zum Glück völlig benommen an Land gespült. Freundin und Luftmatratze trugen keinen Schaden davon, aber ich hatte mir durch die rasante Landung auf den Kieselsteinen einige Schürfwunden zugezogen. Danach hatten wir keine Lust mehr, hier noch einmal zu baden. Also zogen wir kurzerhand weiter nach Portugal.

Wir erwischten in Bordeaux einen Zug, der mit spanischen Gastarbeitern bereits überfüllt war, und mussten die Nacht im Stehen schlafen. Ich hatte es erst im Sitzen versucht, bis mir eine Frau mit ihrem spitzen Pfennigabsatz auf den Handrücken trat. Den Proviant hatten wir nicht gut berechnet, zumal mein Milchreis aus der Dose ungenießbar war. Wir mussten uns am letzten Tag eine gummiartige Stange Baguette teilen, da nichts anderes mehr übrig war. Zu guter Letzt schwappte auch noch das Klo im Zug über, und die stinkende Brühe lief durch den ganzen Gang.

In Lissabon auf dem Hauptbahnhof klappte eine meiner Freundinnen zusammen - der Zug war klimatisiert, hier aber traf sie die südliche Sommerhitze nun mit all ihrer Wucht. Auf Geheiß des Beamten füllte ich ihre Einreiseformulare aus und unterschrieb dieselben auch für sie. Nach einer Nacht in Lissabon ging die Reise nach Tavira weiter und von dort aus zu einem sehr schönen feinsandigen Campingplatz in Monte Gordo, den damals nur Einheimische nutzten. Sagres am Südwestende Europas sparten wir uns, nachdem im Jahr zuvor unsere Zelte im stürmischen Wind fast abgehoben wären.

Wir fanden auf dem Campingplatz schnell Freunde unter den hilfsbereiten und kontaktfreudigen Portugiesen. So machten wir Bekanntschaft mit einer Familie, bei der wir sogar für eine Woche in eine andere Stadt nördlich von Lissabon eingeladen wurden, nahmen an einem Burgfest teil und hielten einen leeren Reisebus an, um nachts zum Campingplatz zurück zu fahren. Trampen war damals in Portugal nichts Außergewöhnliches, allerdings riet man uns strikt davon ab, dies auch in Spanien auszuprobieren.

Einmal stoppten wir zwei Portugiesen in ihrem kleinen Wagen. Wir saßen zu dritt hinten eingequetscht, als eine meiner Freundinnen plötzlich merkte, dass innen die Türgriffe fehlten. Entgeistert sahen wir uns an. Die ganze Fahrt über hatten wir ein mulmiges Gefühl. Wie waren wir froh, als wir endlich am Ziel ankamen und der

Beifahrer, der die ganze Zeit über kein Wort gesprochen hatte, uns die Türen öffnete!

Ein anderes Mal trampten wir zu fünft und wurden quasi übereinandergeschichtet. Das Auto war winzig, aber die Fahrt zum Glück auch nicht allzu lang.

Wenn es etwas zu verhandeln oder zu kaufen galt, wurde ich vorgeschickt. Und ich fühlte mich ja sowas von heimisch, es fiel mir leicht, die Sprachlaute zu imitieren und mir neue Wörter einzuverleiben.

So ging ich dann auch wohlgemut zum Kiosk, um drei Eis zu erstehen.

„Dois Krispi, se fas favor! (Bitte drei Krispi!)", verlangte ich freudestrahlend.

Mit dem Wortschwall des Mannes hinter der Theke hatte ich allerdings nicht gerechnet.

Freundlich sah er mich an, während ich nur verlegen die Schultern zuckte.

„Tu es Portuguesa?", fragte er schließlich lachend. Ich verneinte: „Não, Alemã (Nein, Deutsche.)."

Aber hier musste mir wirklich nichts peinlich sein. Die Leute freuten sich ja über jedes Wort, das man in ihrer für uns anfangs so urig klingenden Sprache von sich gab. Ich blühte in jenem Urlaub regelrecht auf.

Leider ging die schöne Zeit viel zu schnell vorbei, wir mussten irgendwann wieder zurück. Als der Zug langsam an den Plantagen Richtung Norden vorbeizockelte, wurde ich ganz melancholisch. Ich ahnte, das war Saudade, fest verankert in der portugiesischen Seele - diese ewige Sehnsucht nach etwas, das unerreichbar war. „Ich wünschte, ich könnte mich an den Bäumen dort festhalten. Geht es euch auch so?"

Meine Freundinnen schüttelten verständnislos den Kopf. Nein, sie freuten sich auf zu Hause. Viel zu lange schon hatten die Armen Bihunsuppe und Fischstäbchen entbehren müssen.

Zukunftspläne

Daheim angekommen, stellte ich als erstes fest, dass ich mein Badelaken wohl in der Dusche auf dem Campingplatz in Monte Gordo als Souvenir zurückgelassen hatte. Danach wurden die murklig gewordenen Klamotten in der Badewanne mit Waschpulver eingeweicht. Rei in der Tube hatte diesmal leider kläglich versagt.

„Hast du dir inzwischen überlegt, was du nun mit deinem Leben anfangen willst?", fragte meine Mutter.

„Ich habe einen Praktikumsplatz", erinnerte ich.

„Ja, im Kindergarten, aber das ist doch nichts. Geh lieber ins Büro, so wie dein Vater."

Das Büro war immer IHR Traum gewesen, nicht meiner.

„Nein."

„Was willst du dann?"

Ich hatte schon vor dem Urlaub einen schweren Kampf ausgestanden und keinen Bock auf eine Wiederholung.

Damals sagte ich: „Ich will Kunst studieren."

„Das Malen ist doch eine brotlose Kunst! Bilder verkaufen!", schnaubte mein Vater, der früher tatsächlich einmal Sänger werden wollte.

„Ein Kunststudium bietet noch andere Möglichkeiten. In der Werbung oder Mode zum Beispiel. Wenn das Geld nicht reicht, könnte ich ja Bafög beantragen", warf ich hilfreich ein. Ich fand es zum Beispiel auch toll, etwas zu restaurieren: Bilder, Deckenmalereien … da gab es so einiges, was mir Spaß machen würde. Immerhin, der Bruder meiner Mutter durfte sogar bei meiner strengen Großmutter, die ich so furchtbar fand, Musiker werden. Allerdings war er der einzige Sohn und erwiesenermaßen ihr Lieblingskind.

Vergebliche Liebesmüh, meine Argumente prallten bei meinen Eltern ab wie ein Flummi an einer Wand.

„Dann höre ich sofort auf zu arbeiten!", ereiferte sich meine Mutter.

„Ich könnte auch Sozialpädagogik belegen, statt mich an der nahe gelegenen Kunsthochschule zu bewerben, wenn euch das lieber ist. Das interessiert mich nämlich auch", lenkte ich ein.

„Du hast uns jetzt dreizehn Jahre auf der Tasche gelegen! Das reicht ja wohl! Mach eine Lehre! Fang endlich an, dein eigenes Geld zu verdienen!", meckerte sie.

„Ich gehe sowieso weg von hier - nach Portugal - wenn ich genügend Geld zusammengespart habe. Nach dem Praktikum fange ich an zu jobben, mit einer Lehre verdiene ich leider nicht genug für meine Pläne." Damit ließ ich meine verblüfften Eltern einfach stehen.

Damals konnte ich allerdings noch nicht ahnen, dass ich nie nach Portugal ziehen sollte, sondern viel weiter in den Osten - und zwar in die Türkei.
Aber das ist eine andere Geschichte.

Schulprojekt am Gymnasium: Bleistiftzeichnung der Autorin zum Thema Landschaftsveränderung

Nachwort

Jeder Mensch hat seinen ganz speziellen Charakter wie auch seine Vorlieben und Talente. Unser Nachwuchs ist nicht dazu da, unsere Ziele zu verwirklichen sondern seine eigenen zu erkennen. Manchmal ist einfach auch der Weg bereits das Ziel.

Liebe Eltern, bitte unterstützt Eure Kinder und erwartet von ihnen nicht, dass sie Eure Träume leben. Sie haben das Recht auf ihre eigenen.

Jeder von uns ist wertvoll, und unsere Fähigkeiten sind eine Bereicherung für die Gesellschaft, wenn man uns die Möglichkeit gibt, diese sinnvoll einzusetzen.

Ein Kind, dem von vorneherein der Wind aus den Segeln genommen wird, kann nur stranden.

Meine jüngste Tochter wollte früher einmal Psychologin werden. Ich war begeistert. Damals entstand die Idee, dass wir gemeinsam etwas auf die Beine stellen. Ich wollte mich einbringen, falls sie sich mal selbstständig macht. Mir schwebte eine entspannte und harmonische Atmosphäre vor, ein passendes Ambiente mit inspirierenden Bildern, Wasserfällen, Klangspielen, Räucherwerk und Kerzen. Die Ausstattung hierfür und kleinere Aufgaben könnte ich auch ohne entsprechende Ausbildung übernehmen. Aber es sollte anders kommen - und das musste ich letztendlich akzeptieren. Denn es ist ihr Weg und nicht meiner. Heute pendelt sie zwischen verschiedenen Ländern dieser Welt. Psychologie hat sie nie studiert, stattdessen machte sie ihren Abschluss in Internationale Beziehungen.

Meine Erstgeborene geht ebenfalls ihren eigenen Weg und ist zufrieden in ihrem Beruf, mit ihrem Mann und drei Hunden. So soll es sein!

Meine Devise war schon immer:

Jeder kann etwas! Tu einfach das, was dir liegt und Spaß macht.

Ich wünsche mir eine Welt, in der mehr auf die Talente des Einzelnen eingegangen wird, im Elternhaus sowie auch in der Schule. Wieviel glücklicher und harmonischer kann unsere Gesellschaft sein, wenn einer den anderen ergänzt wie in einem bunten Mosaik.

Die Autorin

Christine Erdiç wurde 1961 in Deutschland geboren. Sie interessierte sich von frühester Kindheit an für Literatur und Malerei. Schon damals verfasste sie oft kleine Geschichten und Gedichte, die sie jedoch nie veröffentlichte. Nach dem Abitur war sie in unterschiedlichen Bereichen tätig und reiste viel. Seit 1986 ist sie verheiratet, hat zwei Töchter und lebt seit dem Millennium in der Türkei. Unter anderem gab sie Sprachtraining an der Universität von Izmir, machte Übersetzungen und verfasste Berichte für die Türkische Allgemeine, eine ehemalige Zeitschrift in deutscher Sprache, und gibt private Deutschstunden.

Infos unter:

Meine Bücher- und Koboldecke
https://christineerdic.jimdofree.com/
Reisetipps und Literatur
https://literatur-reisetipps.blogspot.com/

christineerdic.jimdo.com

Buchtipp

Endstation Anatolien

Auswandern? Mit fast vierzig Jahren und zwei schulpflichtigen Töchtern? Und noch dazu in den Orient? Christine Erdic hat es gewagt!
Das Morgenland lockt mit bunten Basaren, leuchtenden Farben, einem unvergleichlich blauen Himmel und geheimnisvollen mondbeschienenen Nächten. Doch wie

ist das wirkliche Leben hinter dem Schleier der Illusionen?
Ein Buch, das das Leben schrieb!

ISBN-13: 978-3752897111

Leseprobe

Als ich die Türkei zum ersten Mal besuchte, war es Sommer, und die Temperaturen kletterten leicht schon mal über die 40-Grad-Grenze. Mir war das recht, denn ich war und bin eine Sonnenanbeterin und durchaus tropentauglich, wie ein Aufenthalt an der kenianischen Küste in den 80ern mir bestätigte.

Der Winter kam früh in jenem Jahr. Anfang Oktober - meine Eltern hatten uns besucht und waren gerade wieder fort - entdeckte ich eines Morgens doch tatsächlich eine mit Eis überzogene Pfütze, als ich mich auf dem Weg zum Zahnarzt in die Uniklinik befand.

Nur wer schon einmal einen Winter in Izmir verbracht hat, kennt die eisigen Balkan-Winde, die manchmal über die ungeschützte, nach Nordwesten hin offene Bucht fegen. Nun hatten wir wohl Zentralheizung in der Wohnung, aber leider bezahlten viele Mieter oder Eigentümer die Umlagen nicht, und so blieb die Heizung eben aus. Natürlich wurde es schnell unbehaglich kalt in den Räumen, denn damals waren die türkischen Häuser nicht isoliert. Man hatte gebaut, als ob es ewig Sommer bleiben würde.

Güldi war ein quirliges und widerstandsfähiges Kind und blieb vielleicht dadurch verschont, doch ich bekam eine fürchterliche Magen- und Darmgrippe, begleitet von heftigem Schüttelfrost. Wenn das Wetter so eisig ist, geht garantiert ein Virus um, und mein Körper war ohnehin unterkühlt. Schon zu meiner Kindheit war der Winter meine kritische Zeit.

Normalerweise folgen auf drei oder vier kalte, trockene Tage ein bis zwei regenreiche und milde Wochen in Izmir. Nicht so in jenem Jahr. Es blieb eisig bis weit in den März hinein. Die Grippe war besiegt, doch das Unbehagen blieb - bis wir in unsere inzwischen fertiggestellte, eigene Wohnung wechselten.

Hier wurde nicht mit Öl sondern mit günstiger Kohle geheizt - das bedeutete, dass unten im Keller vom *kapıcı* - Hausmeister ein großer Ofen mit Kohle gespeist wurde, der das Wasser für die Heizkörper des ganzen Hauses erhitzte. Jetzt musste ich mich nicht mehr über Kälte beklagen. Im Gegenteil: Da auch gezahlt werden musste, wenn man die Heizung in der Wohnung ausdrehte - es gab keine Zähler für die Wohnungen und keine Thermostate - tat das natürlich niemand. Es wurde von November bis Ende März geheizt und basta! Großes Gelächter gab es jedes Mal, wenn einem von uns zu heiß wurde und er mitten im Winter plötzlich im Unterhemd dasaß. Vor allem Schwiegermutter litt sehr unter der Hitze bei uns. Wir wohnten im dritten Stock und hatten einen Fahrstuhl, der auf jeder Etage eine lustige Melodie spielte. Direkte Nachbarn auf unserer Etage gab es nicht, denn jede Wohnung ging über das ganze Stockwerk.

Bei jedem Windzug klapperten unsere Außen-Jalousien, die Schienen waren einfach ohne Gummidichtung montiert worden. Bei der näheren Untersuchung stellte ich frustriert fest, dass die Kästen oben auch nicht richtig geschlossen waren. Doch das waren kleinere Probleme, die sich beheben ließen. Weniger schön war, dass die Wohnung kaum Sonne bekam. Der Nordbalkon vor der riesigen Stube - hier Salon genannt - lag stets im Schatten. Im Osten, Süden und Westen verhinderten andere Häuser erfolgreich das Eindringen jeglicher Sonnenstrahlen, was dazu führte, dass ich die Nachmittage fast immer mit Güldi im nahegelegenen Park verbrachte - sehr zu ihrem Vergnügen, denn sie liebte den Spielplatz dort. Ich hatte Gelegenheit, mich auf einer Bank mit anderen Müttern auszutauschen, und meine Tochter war gegen 18 Uhr eine der letzten, die noch immer begeistert die Rutsche hinunterdüsten. Doch dann wurde es höchste Zeit, das Abendessen zu bereiten, bevor Hugo nach Hause kam.

Gegessen wurde in der winzigen Küche, in die der Tisch gerade mal so hineinpasste. Das Mahl hatte ich zuvor auf dem Herd, der an eine Propangasflasche angeschlossen war, zubereitet. Damals gab es keine anderen Möglichkeiten. Da ich von Deutschland Erdgas gewohnt war, war das eine ganz neue Situation für mich, die mich manchmal schon vor Probleme stellte. Erstes Alarmzeichen war ein plötzlich auftretender strenger Gasgeruch. Jetzt sollte man den Herd besser ausstellen und *Aygaz* oder *Ipragaz* anrufen. Ich dachte mir beim ersten Mal noch nichts dabei, bis ich merkte, dass das Essen nicht mehr kochte, weil die Flamme ausgegangen war. Also rasch die Telefonnummer raussuchen und anrufen! Der *Aygaz*-Mann kam überraschend schnell - ich lauerte schon auf die Melodie des Fahrstuhls und riss erwartungsvoll die Wohnungstür auf. Der Gas-Onkel tauschte die alte Gasflasche gegen eine neue. Der Gasgeruch in der Küche war inzwischen überwältigend, aber wider Erwarten stand das Essen pünktlich auf dem Tisch, und ich konnte meine hungrige Familie abfüttern. Wie gut, dass es zu jenen Zeiten auch hier schon Telefone gab!

Man musste auch auf Stromausfälle gefasst sein. Das bedeutete nicht nur keinen Strom in der Wohnung, sondern auch keinen Fahrstuhl. Eines Tages war es wieder mal so weit! Die Kleine war schon gestiefelt und gespornt und freute sich auf den Spielplatz. Nun kann ja ein ganz Schlauer empfehlen: Na und, benutz doch die Treppe! Ist doch nur der dritte Stock! Leicht gesagt, denn das Haus hatte keine Treppenfenster, dafür aber eine recht steile Marmortreppe, die jetzt völlig im Dunkeln lag, da ja auch das Flurlicht nicht brannte. Hinzu kam das Problem mit dem Transport der Kinderkarre, für die unten im Hausflur absolut kein Platz war. Also musste sie täglich nach unten und wieder hoch befördert werden, natürlich alles mit dem Fahrstuhl. Der Ausflug in den Park fiel diesmal aus - zum Glück war es kein Arzttermin oder etwas wirklich Wichtiges. Und vor allem waren wir noch nicht eingestiegen und saßen im Fahrstuhl fest. Wer weiß, wie lange der Stromausfall diesmal dauerte. Solche Ausfälle konnten zu jeder Tages- und Nachtzeit auftreten. Meistens waren sie nur kurz. Den Rekord schlug viele Jahre später Ankara, als Güldi einmal 2 Tage lang keinen Strom hatte.

Ende der Leseprobe

Buchtipp:

Lebt wohl Familienmonster

Seit frühester Kindheit musste ich in meiner Familie gegen reale Monster kämpfen. In diesem Buch beschreibe ich, welche Auswirkungen der jahrelange Kampf auf mein bisheriges Leben hatte und wie ich es geschafft habe, mich von den Dämonen meiner Vergangenheit erfolgreich zu befreien.
Lesermeinung: Heidi Dahlsen schreibt nicht einfach nur Bücher, sondern füllt diese mit Lebensgeschichten. Für

sie ist das Schreiben eine Form des Verarbeitens ihrer Erlebnisse. Sie möchte aufwecken und wachrütteln, die Menschen sensibilisieren und mit Vorurteilen gegenüber psychischen Erkrankungen aufräumen. Sie wünscht sich, dass von diesen Krankheiten betroffene Menschen von der Gesellschaft toleriert, akzeptiert und vor allem in die Gesellschaft integriert werden. Bei allen in ihre Bücher gepackten Emotionen, Informationen und Abrechnungen gelingt es ihr noch, den Leser zu unterhalten.

ISBN-13 : 978-3746705859

Buchtipp:

Mein Leben mit MS

MS (Multiple Sklerose) ist das facettenreichste Krankheitsbild der Neurologie. Diese Krankheit stellt das Leben eines Betroffenen völlig auf den Kopf. Sie ist nicht nur eine Krankheit mit 1000 Gesichtern, sondern auch mit 1000 Fragen. Eine davon WARUM? Aber das Leben geht weiter ... eben nur anders als bisher. Ein Leben mit Höhen und Tiefen, mit Ängsten aber auch Hoffnungen. Dieses Buch ist kein Fachbuch oder Ratgeber über die Krankheit MS (Multiple Sklerose), sondern die MS-Geschichte der Autorin. Mit einer Portion Humor und Selbstironie erzählt sie wie alles begann, wie sie lernte damit zu leben und es schaffte, trotz dieser bitteren Krankheit auf ihre eigene Kraft zu vertrauen. Sie berichtet von ihrer Angst vor dem, was vielleicht die Zukunft bringen wird. Dennoch strotzt dieses Buch voller Zuversicht und macht Mut. Das Leben ist einfach zu wertvoll, um den Kopf in den Sand zu stecken und zu resignieren.

ISBN-13 : 978-3903056428

Mein besonderer Dank gilt meinen lieben Autorenkolleginnen Heidi Dahlsen und Britta Kummer, die mir stets mit Rat und Tat zur Seite stehen.

Autorin Heidi Dahlsen

Seit meiner Geburt im Jahre 1960 lebe ich in der Nähe von Leipzig. Ich bin verheiratet und habe zwei Kinder sowie eine Enkelin.

Meine Eltern betonen noch heute abfällig: „Du bist doch nur entstanden, weil wir Langeweile hatten."

Was aus so einem Kind schon werden kann, fragen Sie sich gerade? Das können Sie in meinem ersten Buch **„Lebt wohl, Familienmonster"** nachlesen und im Nachhinein sozusagen live an allen Höhen und Tiefen meines Lebens teilhaben. Auf der Suche nach einem harmonischen Familienleben stolperte ich von einer Katastrophe in die nächste und ich kann Ihnen versprechen, dass Ihnen beim Lesen sicher nicht langweilig wird.

Während einer Geburtstagsfeier erzählte ich aus meinem Leben. Ein Gast sagte: „Oh, Mann, das hört sich ja an wie aus einem Roman. Das solltest du alles aufschreiben." Und das tat ich und schon bald gab es kein Halten mehr. Im Nachhinein konnte ich feststellen, dass das Schreiben meine Seele befreit hat.

„Alles wird gut … irgendwann" ist mein zweites Buch. Zu diesem Titel hat mir mein Sohn verholfen, denn immer, wenn ich fast am Verzweifeln war, tröstete er mich damit und ich konnte auch hier in die Handlung viele Erlebnisse aus meinem Leben einbauen.

Schon bald war ich so in Schreiblaune, dass die Fortsetzung **„Ein Hauch Zufriedenheit"** nicht lange auf sich warten ließ.

Im „**Gefühlslooping**" erhalten Sie einen Einblick in die Psychiatrie. Unter anderem habe ich aus meinem ständigen Gefühlschaos mit manisch depressiven Phasen geschöpft und auch den Leidensweg meiner Tochter, die am Boderline-Syndrom erkrankt ist, aufgeschrieben. Jahrelang wurden wir damit konfrontiert, dass der Großteil unserer Gesellschaft mit psychisch Kranken weder umgehen kann noch gewillt ist, Verständnis für diese Menschen aufzubringen.

Ich wende mich mit diesem Buch an Betroffene von psychischen Krankheiten und möchte ihnen Lösungswege aufzeigen. Allen anderen Interessierten soll es ein Ratgeber sein.

Nachdem ich 2010 die Diagnose Krebs erhielt, war ich verzweifelt und sagte mir immer wieder: „Halte durch, sei stark – kämpfe!"

Ein Jahr später kam ich langsam wieder zu Kräften und schrieb mir auch diese **Seelenqual** vom Herzen, auch weil sie mit einem **HappyEnd** für mich endete.

Danach erfüllte ich mir einen Traum. Ich liebe Weihnachten und die Geschichten, die dieses Fest so besonders machen. Also fragte ich mich: „Warum nicht dieses Thema aufgreifen und dem Leser eine Weihnachtsbotschaft vermitteln?" Dabei „half" mir eine kleine Elfe, deshalb auch der Titel „**ElfenZauberei**". Dieses Buch ist ein Lesevergnügen für Kinder ab ca. 10 Jahre sowie für Leseratten bis ins hohe Alter.

Da die Geschichte unter die Haut geht, werden Sie sich in Zukunft sicher gut überlegen, was Sie sich wünschen, denn Sie erfahren, dass es ganz schön turbulent zugehen kann, wenn Wünsche wirklich in Erfüllung gehen.

Homepage: www.autorin-heidi-dahlsen.jimdo.com

Autorin Britta Kummer

Britta Kummer wurde 1970 in Hagen (NRW) geboren. Heute lebt sie im schönen Ennepetal und ist gelernte Versicherungskauffrau. Die Freude am Schreiben hat sie im Jahre 2007 entdeckt und seit dieser Zeit bestimmt es ihr Leben. Es macht ihr einfach großen Spaß, sich auf diese Art und Weise auszudrücken. Erst wurden ihre Werke im Bekanntenkreis herumgereicht und die Resonanz darauf war sehr positiv. Es dauerte nicht lange und schon hielt sie ihr 1. Buch "Willkommen zu Hause, Amy" in Händen. Dieses Buch wurde im Januar 2016 mit dem Daisy Book Award ausgezeichnet. Der Kärntner Lesekreis "Lesefuchs" vergibt in unregelmäßigen Abständen diese Auszeichnung für gute Kinder- und Jugendliteratur.

http://brittasbuecher.jimdofree.com/